워로드 *War Lord*
구오

김운영 게임 판타지 소설
GAME FANTASY STORY

워로드 구오 5

김운영 게임 판타지 소설

초판 1쇄 찍은 날 § 2010년 7월 15일
초판 1쇄 펴낸 날 § 2010년 7월 22일

지은이 § 김운영
펴낸이 § 서경석

편집팀장 § 서지현
편집 § 주소영 · 어정원

펴낸곳 § 도서출판 청어람
등록번호 § 제1081-1-89호
등록일자 § 1999. 5. 31
어람번호 § 제1-1163호

주소 § 경기도 부천시 원미구 심곡2동 163-2 서경B/D 3F (우) 420-822
전화 § 032-656-4452 팩스 § 032-656-4453
http://www.chungeoram.com
E-mail § chungeoram@chungeoram.com

ISBN 978-89-251-2232-8 04810
ISBN 978-89-251-2008-9 (세트)

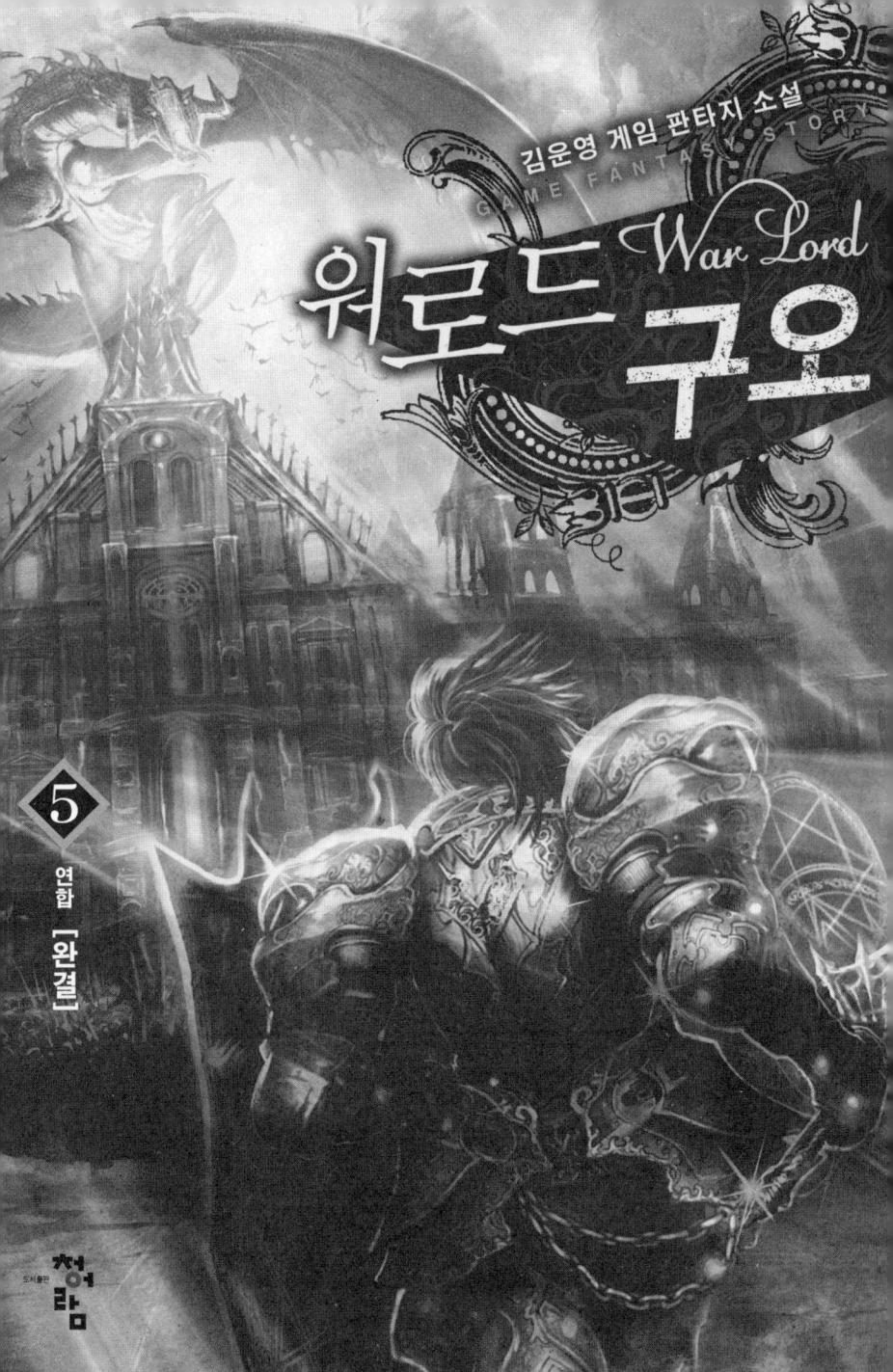

김운영 게임 판타지 소설
GAME FANTASY STORY

워로드 구오
War Lord

5

연합 [완결]

도서출판
청어람

Contents

CHAPTER 01
현피

WAR 워로드구오
LORD

　마키오는 이제 예전의 마키오가 아니다. 타도 도쿤의 중심이자 연합군의 맹주로 당당하게 진군했다.

　계속해서 사람이 불어나서 끊임없이 부대를 재편하고, 기본적인 훈련도 해야 하니 이동은 느려졌다. 그래도 영주전 날짜에 맞춰 체롯 성채에 도착하는 건 문제가 없어 보였다.

　구오와 마키오의 이름은 더 지존.넷에 끊임없이 올라왔다. 기적의 승리를 일구어 대규모 연합군을 만드는 데 성공한 구오는 전 세계가 주목하는 유저가 되었다.

　일본 내부뿐 아니라 외국의 기업형 길드에서 거액의 계약금을 제시하고 구오를 스카웃하겠다는 의지를 보였다.

대군주. 전쟁군주.

구오는 그렇게 불렸다.

마키오가 행복하면 행복할수록 도쿤은 미치는 게 현재의
국내 정세다.

도쿤의 가상공간 회의실에서는 사장인 하라타가 입에 불
을 뿜으며 날뛰고 있었다.

"어떻게 상황을 이렇게 만들 수 있지? 너희들 다 사표 쓰고
싶은 거냐!"

쾅쾅—

하라타는 의자에서 일어나 발로 회의탁을 마구 걷어찼다.
이야기를 하다 보니 더욱 열이 받는 모양이었다.

회의에 참석한 임원진들은 거의 부동자세로 입을 꼬옥 다
물고 앉아 있었다. 이렇게 사장이 날뛸 때 잘못 말을 했다가
는 홧김에 잘릴 수도 있다는 것을 그들은 알고 있었다.

설령 하라타가 회의탁이 아닌 자신들의 정강이를 걷어차
도 찍소리 않고 버티리라 마음속으로 굳게 다짐할 정도이니
정말 숨소리 하나 입 밖으로 새어나가지 않았다.

"오자와, 말해보라고. 어떻게 할 거야?"

하라타는 일단 오자와 기획실장을 지명했다. 이번 일의 주
도자이자, 책임자였기 때문이다.

오자와는 머릿속으로 생각을 몇 번이나 굴리고는 무거운 표정으로 서서히 대답을 했다.

"이번 일은 전적으로 저의 책임입니다. 사전 작업부터 전면전까지 모두 제가 예측하고 계획한 대로 되지 않았고, 그것이 결과적으로 마키오의 힘을 키워준 꼴이 되었습니다."

"야, 이 새끼야. 누가 지금 책임 소재를 따지재? 그럼 너 사표 쓰고 나가겠다는 거냐? 어떻게 할 거냐고 물었잖아!"

다행히도 하라타는 완전히 이성을 잃지는 않은 것 같다. 오자와는 그렇게 생각했다.

화를 내고 욕설을 퍼부어도 일의 해결책을 논의하려 한다. 다른 임원들도 천천히 고개를 끄덕이며 더욱 진지한 눈빛이 되었다.

"현재 마키오는 다른 전쟁 참가자들을 대거 받아들여 약 8천 명의 인원으로 진군을 하고 있습니다. 그것도 계속해서 늘어가는 추세로, 곧 1만 명을 넘어설 것으로 보입니다. 이에 반해서 우리 도쿤이 현재 동원 가능한 전력은 약 5천 남짓, 방어전이라고 해도 상당히 위협적입니다."

"그래서? 싸우면 진다는 거냐?"

"질 가능성은 극히 희박합니다. 채롯 성채의 방어는 완벽하고, 우리 부대는 정예입니다. 수만 많다고 되는 문제가 아닌 것은 하라타 사장님께서 잘 아실 겁니다. 하지만……"

"하지만?"

"피해없이 이기기도 힘듭니다. 그런 이유에서 이대로 힘으로 싸워서 승부를 내는 건 좋은 방법이 아니라고 저는 생각합니다."

"그러니까 어쩌자고!"

탕!

하라타가 갑갑하다는 듯 주먹으로 회의탁을 때렸다.

의견을 말할 때 사전 설명을 길게 늘어놓는 것은 오자와의 안 좋은 습관 중 하나라고 성질 급한 하라타는 항상 생각하고 있었다.

그나마 오자와쯤이나 되니까 하라타가 독촉을 하면서도 끝까지 들어준다. 다른 사람이었으면 중간에 말을 끊고 두 번 다시 발언권을 주지 않았으리라.

오자와는 본론을 말했다.

"이미 전략 분석부에서는 마키오 주요 임원들의 현실 소재지를 파악하고 있습니다. 어쩔 수 없는 상황이니 현실에서 개입해야 할 것으로 판단됩니다."

하라타는 오자와의 의견이 마음에 든 듯 소파의 등받이에 몸을 기댔다.

"흥, 현실 개입? 그것도 나쁘진 않지. 그럼 구오란 놈부터 조져야 되나? 그놈이 무술의 고수라고 그렇게 나대고 다녔나

본데, 정말 얼마나 고수인지 한번 볼 수 있겠군. 크크크."

현실 개입이란 무력에 의한 협박을 의미한다. 여차하면 실력 행사도 하는 것이니, 바로 전문 용어로 현피라고 한다.

현피!

현실 피케이!

현실 플레이어 킬링!

불법적인 일이지만 효과는 발군이다. 세상은 알고 보면 폭력이 지배하는 것이다.

오자와는 하라타의 기분이 어느 정도 풀어진 듯하자 이때다 하고 구체적인 사항을 말했다.

"이번 일에 적극적으로 지원 의사를 보인 이는 피엔드입니다. 그자는 과거 극도였다가 사제들과 함께 이 길로 들어선 자이니 이런 일의 처리는 맡길 만하다고 판단됩니다."

"피엔드, 그놈이?"

극도란 곧 야쿠자. 이런 일에는 전문가라고 할 수 있다. 피엔드는 게임 세계에서는 입지가 약했지만 전직의 경력을 인정받아 도쿤에 들어올 수 있었다.

이럴 때 자기 몫을 해야 앞으로의 길도 열릴 터, 피엔드도 나름 필사적이라 오자와는 또 한 번의 기회를 주기로 했다.

피엔드의 이름이 하라타 사장의 입가에 살짝 미소를 지어지게 했다. 그의 과거가 얼마나 격렬했는지는 하라타 사장도 잘 알고 있었다.

피엔드는 강하다기보다는 잔인하다고 알려진 자. 이런 일에는 적격이었다.

"흥. 실패한 걸 어떻게든 만회하겠다고 필사적인 모양이군. 알았다. 무엇보다 구오란 놈은 꼭 손을 보도록 해라. 섭외를 하는 것은 간부진만으로도 충분하겠지."

"옛, 알겠습니다."

구오란 놈이 하라타에게 밉보이긴 했나 보다. 오자와는 선택의 여지도 없이 인생이 망가지게 된 구오에게 잠시나마 애도의 염을 보냈다.

*   *   *

"신원을 파악할 수가 없습니다."

"뭐라고? 그게 말이 되나? 일본 내에 살고 있는 것은 틀림없다고 했지 않나."

회의를 끝마치고 부서로 돌아온 오자와는 담당자에게 황당한 보고를 받았다.

준비성 좋은 오자와는 회의 전에 이미 구오의 신원을 확보하라고 지시를 내린 바 있다. 그러고 나서 회의에서 사장의 인가를 받아왔는데, 문제가 발생했다.

담당자도 답답한지 굳은 얼굴로 보고를 계속했다.

"구오란 자에 대해 알려진 것은 원래 일본인이 아니고 외국인 유학생이라는 것, 무술의 고수라는 것뿐입니다. 현실의 이름이나 사는 곳에 대해서는 전혀 알려진 바가 없습니다."

"그게 말이 되나? 그놈은 대규모 길드의 수장을 하고 있다. 측근들조차도 모를 수는 없어."

"그게 그렇지 않은 모양입니다. 마키오란 길드는 결성되고 한 번도 정식 오프 모임을 하지 않았습니다. 또 그곳에서 구오와 같이 던전 사냥을 한 사람들도 그자의 현실 모습에 대해서는 전혀 들은 바가 없다고 합니다."

이건 가벼운 일이 아니다. 오자와의 표정이 심각해졌다.

"으음, 그렇다면 의도적으로 신분을 숨긴 거란 말이군."

"그럴 가능성이 큽니다. 보통은 같이 몇 개월 이상 지내다 보면 무의식적으로도 개인 이야기를 하게 마련인데, 구오란 자는 대놓고 물어보는 사람에게도 웃으면서 대답을 회피했다고 합니다. 정보에 의하면 간부진도 구오의 본명을 모른다고 합니다."

오자와는 더욱 심각한 표정으로 말했다.

"그렇다고 해도 겉모습까지 숨길 수는 없다. 또 정보가 아예 없는 것도 아니지 않나. 유학생이고, 나이도 10대 후반에서 20대 초반, 무술의 고수. 이 정도 단서가 있는데도 못 찾으면 도룬의 정보력에 문제가 있다고 봐야 한다."

"이미 관련 정보에 대한 전국의 유학생 정보를 확인해 보았습니다. 그러나 닮은 사람이 없습니다. 신장과 체격, 나이에 의한 탐색은 약 8천 명, 무술 경력이나 게임 경력을 따지면 3백 명 정도로 좁혀지기는 합니다만. 그리고……."

"그리고 뭔가?"

"이 정도로 철저히 정보를 감출 수 있는 사람이라면 알려진 사항들도 꼭 진실이라고 보기 어렵습니다. 어쩌면 유학생이 아닐 수도 있다는 것이 저희 분석실의 최종 판단입니다."

탕—

"그 말은 결국 못 찾겠다는 소리가 아닌가!"

오자와는 손으로 책상을 내려치며 소리쳤다.

평소 냉정을 잃지 않기로 유명한 오자와의 흥분된 모습은 아무나 볼 수 있는 게 아니다.

사무실 사람들은 모두 숨을 죽이고 혹시라도 눈이 마주칠까 살짝 고개를 숙인 채 필사적으로 업무에 열중하는 척 연기했다.

"면목없습니다."

담당자는 더 이상 말을 하지 못했다.

최선을 다해 계속 찾아보겠다는 말이나 시간을 좀 더 주십시오, 라는 책임질 수 없는 말을 했다가는 정말 큰일이 난다는 것을 그는 알고 있었다.

할 수 없다고 판단되면 그렇게 보고를 해야 한다. 다른 업무와는 다르게 데이터 수집이나 뒷조사는 대충 넘어갈 수 없는 문제. 되면 되는 거고 아니면 아닌 거다.

"애초부터 우리를 노린 거였군."

오자와는 금세 냉정을 되찾고 생각을 정리했다. 천하의 도쿤이 찾을 수 없게 위장할 정도면 진짜 프로라고 봐야 한다. 그것도 혼자가 아니고 신분을 지워줄 뒷배가 있어야 한다.

"일단 일본인이 아닌 것은 확실하겠지?"

"그건 확실한 것 같습니다."

"그렇다면 외국 길드에서 보낸 파괴 공작원이라고 보는 게 옳겠군."

"현재까지의 상황으로 보아 그럴 가능성이 아주 크다고 판단됩니다."

지금까지의 정보로 볼 때, 그 외에는 생각할 수 없다. 오자와와 담당자는 내심 그게 확실하다고 마음속으로 정해 버렸다.

그렇다면 찾아야 한다. 구오도 구오지만 뒷배경을 알아야 대처를 할 수 있다.

"어느 쪽일까?"

"일단 중국이나 한국 쪽이 가장 의심스럽습니다. 태국을 비롯한 다른 나라는 아직 이런 일을 벌일 정도의 프로를 육성시키지 못했다고 봐야 합니다."

"의외로 아메리카 쪽일 수도 있겠지."

"그럴 가능성도 무시할 수는 없지만, 아메리카라면 우리 말고 중국이나 한국 쪽에 폭탄을 심었을 겁니다. 우리는 아메리카와 친분 관계니까요. 또 아메리카나 유럽 쪽이 개입했다고 해도 극동 내부에서 개입한 길드가 있어야 이야기가 맞습니다."

확실히 정보 분석의 전문가답게 말에서 빈틈을 찾기가 어렵다. 오자와는 고개를 끄덕여 동의를 표했다.

"그렇군. 일단 구오의 추적을 계속하도록 해. 어차피 주변 놈들을 직접 족치다 보면 또 다른 단서가 잡힐 테니까."

"예. 저희도 그 점에 기대를 하고 있습니다."

구오의 정체를 길드의 간부들조차 모른다고는 하지만 그걸 대놓고 물어본 것은 아니다.

정말 수단과 방법을 가리지 않고 구오와 관계된 사람들이 필사적으로 생각하게 만든다면? 어떤 단서라도 튀어나올 것이라고 오자와는 판단했다.

*　　　*　　　*

구오는 바빴다. 하루가 다르게 불어나는 사람들은 좋은 일임이 틀림없지만 그만큼 귀찮기도 했다.

쇼부나 당삼 등이 조직 구성과 기초 훈련을 맡아서 하긴 해도 구오 역시 사람들 앞에 나서서 할 일이 많았다.

이처럼 큰일이 벌어지면 길드의 간부들은 개인적인 활동을 포기해야 한다.

그래도 이기는 싸움이란 생각에 힘든 줄도 몰랐다.

"후우, 이 전투가 끝나면 우리 당분간은 아무 일도 벌이지 말고 좀 놀자."

상큼청춘이 피곤한 표정으로 한숨을 내쉬었다. 다른 사람들도 상큼청춘과 크게 다를 바 없는 모습이었다.

"정말 이제는 사냥할 기력도 없어요."

"아아, 바다가 보고 싶다. 구오 오빠, 우리 시간 내서 바닷가로 놀러 가요."

구오는 쇼부를 보았다. 쇼부는 씁쓸한 웃음을 짓고 있었다.

말을 할 수는 없지만 전투가 끝난 다음엔 더 바빠질 거라는 걸 쇼부는 알고 있는 듯했다.

구오 역시 이기는 것도 중요하지만 이긴 이후가 더 중요하다는 것을 잘 알고 있었다.

구오는 소파에 기대앉은 채로 고개를 들어 천장을 보았다.

조금은 편안한 기분이 되었다.

'빡세네.'

구오는 그 말을 속으로 삼켰다. 상큼청춘은 쉬자는 말을 할수 있지만 구오는 할 수 없었다.

"어쨌든 앞으로 일주일이면 영주전이니까, 그때까지 힘을 내죠."

"염려 마. 우리가 세상을 움직이는 데 피곤하다고 쉴 마음은 없으니까."

"참, 근데 나싱 언니는 안 들어오세요?"

링링이 화제를 바꾸려는 듯 밝은 목소리로 물었다.

"이제 슬슬 들어올 때가 됐는데."

"그럼 나싱 언니 오면 같이 사냥 가요. 잠시라도 사냥을 해줘야죠."

"그럴까?"

구오는 웃으면서 대답했다. 아무리 바빠도 가끔씩은 사냥을 해줘야 게임을 하는 맛이 난다.

사실 나싱은 이미 게임에 접속해 있었다. 상태창을 접속 종료로 해놓고 혼자서 가면을 쓴 채 몹을 잡으며 레벨을 올리는 중이었다. 나싱이 그렇게 하면 구오도 레벨이 오른다.

나싱이 사람들 앞에 나타나는 시간은 구오가 접속하고 한두 시간 정도 흐른 후이다. 그래야 말이 되니까.

잠시 후, 나싱이 나타났다.

준비를 하고 기다렸던 사람들은 딱 한 시간만 만사 제치고 사냥을 하자고 의기투합하고 자리에서 일어났다.

그런데 그때 해피보이로부터 다급한 목소리의 귓말이 왔다.

[형, 큰일 났어요.]

[뭔데?]

[도쿤 사무실에서 지령이 왔는데요. 마키오 간부들 주소하고 전화번호 등을 확인하고 현재 있는 장소도 알아놓으래요.]

[그게 정말이냐?]

구오는 인상을 찌푸렸다. 해피보이의 말이 뭘 의미하는지는 깊게 생각하지 않아도 충분히 알 수 있다.

[일단 이쪽으로 와서 자세히 설명해 봐라.]

구오의 표정이 심상치 않자 상큼청춘이 조심스럽게 물었다.

"무슨 일 있니?"

"예. 아무래도 사냥할 여유는 없을 것 같네요."

"뭔데?"

"방금 해피보이로부터 귓말이 왔는데, 도쿤이 우리 쪽 간부들 현실 거주지하고 전화번호를 확인하라고 했다네요."

"뭐라고!"

가장 크게 반응한 사람은 당삼이었다. 순간적으로 기분이 무척 나빠진 듯 숨소리가 거칠어졌다.

"현실 연락처하고 거주지를 왜 확인하려는 거지? 교섭할 생각인가?"

상큼청춘이 고개를 갸웃거렸다. 아직 상큼청춘은 게임 세계의 어두운 일면에 익숙하지 않은 듯했다.

피링은 약간 굳은 얼굴로 아무 말도 하지 않았다.

대충 상황을 짐작하기에 이게 결코 가벼운 일이 아니라는 걸 잘 아는 모양이었다.

쇼부가 한숨을 내쉬며 상큼청춘에게 말했다.

"교섭이라면 교섭이겠지. 하지만 아마도 폭력과 협박을 동반할걸."

"어, 정말?"

그런 일이라면 여자의 몸인 상큼청춘은 남들보다 훨씬 민감할 수밖에 없다. 상큼청춘의 눈동자에 공포의 감정이 약간 느껴졌다.

"일단 해피보이가 오면 자세히 들어봐야겠어요."

"그러자. 네 말대로 사냥이나 하고 있을 때는 아닌 것 같다."

사람들은 다시 자리에 앉았다. 분위기가 싸해져서 변변한 대화도 나누지 못했다.

곧 해피보이가 들어와서 그가 들은 내용을 하나하나 이야기해 주었다.

"상금도 걸렸어요. 특히 구오 형님 주소나 본명을 알아내면 큰 보상이 있대요."

"어, 그러고 보니 우리, 구오 이름도 모르네?"

"이름만 몰라요? 주소랑 전화번호도 모르죠."

"우와, 오빠. 혹시 이런 경우를 대비해서 철저하게 감추신 거예요?"

사람들은 새삼 구오의 정체가 궁금하다는 눈으로 일제히 쳐다보았다. 자신들은 명색이 길드의 핵심 인물인데 길드장의 신원을 전혀 모른다는 것이 이상하게 느껴질 정도였다.

이 정도면 정말 의도적으로 숨긴 게 틀림없다. 어째서일까. 그런 의혹의 감정도 느끼는 듯했다.

갑작스럽게 모두의 시선이 자신에게 쏠리자, 구오는 살짝 한숨을 내쉬며 말했다.

"죄송해요. 형님들이나 누님들을 못 믿는 건 아닌데, 제가 사정이 좀 있거든요. 사실은 제가 이 게임하는 거 제 가족들에게는 비밀입니다. 만약 들키면 현피가 문제가 아니라 당장 전 10년 정도 집 밖으로 못 나오는 신세가 되거든요. 인터넷 자체가 안 되고요. 그래서 캐릭 만들 때도 최대한 원래 모습과 다르게 만들려고 노력을 했고요."

"허걱, 그런 이유였어?"

구오의 해명은 그들로서는 상상하지 못했던 부분이었다. 가족에게 들키지 않으려고 모든 것을 감추어야 한다니?

이제는 유명인사 중 한 명이 되어가는 구오가!

"이야, 구오 너 알고 보면 무지막지한 명문가 후계자 아냐? 요즘 세상에 게임하는 거 말리는 부모는 거의 없는데."

"전 처음부터 구오 오빠의 카리스마에 뭔가 있다고 생각했어요."

"그럼 나싱도?"

"그런 셈이에요. 헤헤."

"그랬었구나."

완전한 거짓은 아니지만 대충 둘러댄 게 통했다. 사람들이 나름대로 납득을 하는 사이 구오는 얼른 화제를 돌렸다.

"지금 중요한 건 그게 아니에요. 제가 문제가 아니라 다른 분들이 문제잖아요."

"그렇지."

해피보이가 고개를 푹 숙이고 말했다.

"사실 전에 쇼부 형 전화번호를 저쪽에 가르쳐 준 사람이 저였어요. 죄송해요. 설마 도쿤 놈들이 이렇게 나올 줄은 몰랐는데."

"난 원래 이 업계에 아는 사람은 다 아는 사람이니 신경 쓸

거 없다. 그리고 그때에는 정말 날 포섭하려 했던 거니까, 네 생각도 틀린 건 아냐."

"그래서 넌 어떻게 할 거냐?"

"모르겠어요. 사실 더러운 일을 하게 될지도 모른다고 생각했던 적도 있고, 그래도 포기하지 않겠다고 각오도 했었는데 막상 닥치니까 좀 그렇네요."

해피보이의 자조적인 말에 구오는 살짝 미소를 지었다.

"넌 프로가 되기엔 마음이 좀 약하구나."

"젠장. 그게 중요한 게 아니잖아요. 이미 다른 분들 주소하고 연락처는 다 밝혀졌다고요. 지금은 확인차 재조사하는 거니까요. 그러니까 진짜 움직일 거라는 소리라고요."

"그렇겠지. 그놈들이 좀 급하니까."

"이걸 여론화시킬까?"

상큼청춘이 여전히 굳은 얼굴로 말했다.

"소용없을 거예요. 증거가 있는 것도 아니잖아요. 오히려 역공당할 가능성이 커요. 잘못하면 해피보이까지 다칠 수도 있고요."

"그럼 어떻게 하지?"

당삼이 말했다.

"나하고 링링은 상관없다. 그놈들은 우릴 못 건드려."

당삼하고 링링은 화교다. 알고 보면 친척 중에 흑사회 사람

도 있다. 일본의 기업이라고 해도 당삼을 함부로 어떻게 할
수는 없는 것이다.

"원한다면 구오, 너를 장로에게 소개시켜 줄 수도 있다. 그
러면 어떻게든 중재가 될 거다."

당삼이 다시 말했다. 다른 사람들도 그게 좋을지도 모른다
고 고개를 끄덕이며 구오를 보았다.

"하지만 미리 말해두는데 장로를 만나려면 현실에서다. 가
상공간에서는 만나도 의미가 없으니까."

"그렇죠. 후우. 잠시만요."

구오는 한숨을 내쉬며 일단 생각을 정리했다.

당삼의 이런 제의는 전에 도쿤의 마수를 처음 느꼈을 때에
도 받은 적이 있다.

그때에는 거절을 했다. 당삼도 두 번 다시 그 말을 꺼내지
않았다.

그런데 이번에 다시 이야기를 꺼내는 이유는 상황이 정말
급박하기 때문이었다.

현실의 신분을 알 수 없는 구오와 나싱은 그렇다 치고, 쇼
부와 상큼청춘을 비롯한 마키오의 간부들은 모두 위험하다.
한 사람만 다쳐도 큰일이다.

해피보이의 설명에 의하면 도쿤은 구오의 신원을 알기 위
해 간부들에게 무슨 짓이든 하겠다는 눈치라고 했다.

좋지 않다.

결국 이들이 다치면 구오의 책임도 있는 셈이다. 책임이 없다고 해도 다치게 할 수는 없다.

"알았어요. 제가 해결할게요."

마침내 구오가 결심을 하고는 선언했다. 언제 걱정을 했다는 듯 여유로운 미소까지 입가에 띠고 있었다.

"어, 정말? 무슨 좋은 수라도 있니?"

"예, 방법이 있어요. 당삼 형, 장로님께 부탁을 드릴 필요는 없어요."

"음, 그런가? 알았다."

"뭐, 구오가 방법이 있다고 하면 있겠지."

쇼부도 별말 하지 않았다.

여태까지 구오는 모든 일을 해결해 왔다. 운이 좋았다고 할 수도 있지만 결과는 오케이뿐이다.

약간의 불안이 남지만 구오가 장담을 하니 어느 정도 마음이 놓였다.

"그래도 혹시 모르니 앞으로 이삼일 동안은 외출을 삼가세요. 특히 밤에는요."

"그거야 물론이지. 그런데 나중에 어떻게 해결했는지 알려 줄 거지?"

불안이 해소되자 상큼청춘은 또다시 기자로서의 호기심이

발동하는 모양이었다.

"죄송해요. 이건 아무래도 사람들 앞에 밝히기 어려울 것 같네요."

"쳇, 그런 거니? 알았어."

상큼청춘은 약간 토라진 듯한 표정을 지었지만 떼를 쓰지는 않았다. 그녀는 세상에는 아는 것보다 모르는 게 더 좋은 일도 있다는 것을 알고 있고, 또 구오를 신뢰하고 있었다.

"그럼 일단 나는 조직을 조금 더 정비하도록 하겠다."

쇼부는 사냥을 갈 마음이 싹 가셨는지 일을 하러 나갔다. 다른 사람들도 마찬가지였다.

잠시 후, 구오와 나싱만 사무실에 남았다.

"어떻게 하실 거예요?"

나싱이 조심스럽게 묻자, 구오는 별것 아니라는 듯이 씨익 웃으며 말했다.

"저쪽이 현피를 원하면 소원대로 해줘야지."

"설마, 오라버니가 먼저?"

"당연하지. 그쪽은 나를 몰라도 나는 도쿤 사장이 누군지, 어디에 사는지는 다 알잖아. 조사할 필요도 없으니 오늘 밤에 갈 거야."

"위험하잖아요."

"글쎄. 그래도 가야지 뭐."

위험하다는 말을 부정하지는 않았지만 구오는 자신이 있었다. 도쿤의 사장이 보디가드를 데리고 있다 해도 자신을 막을 수는 없다고 생각했다.

단지 문제가 되는 것은 이 일이 사부에게 알려지는 것이다. 사부의 정보망은 심히 넓고 교묘하기 때문에 조금이라도 방심했다가는 큰일이 날 수 있다.

"일단 복면을 쓰자. 최대한 협박을 하고 뒤끝없게 정성 들여 손을 봐주는 거야."

아주 정성을 들여야 한다. 현피가 얼마나 나쁜지 뼈에 스미도록 느끼지 않으면 절대 굽히지 않을 상대였다.

구오는 자리에 앉아 계획을 정리했다. 그러자 옆에서 듣고 있던 나싱이 물었다.

"한 번으로 정신을 못 차리면요?"

"으윽. 그럼 별수없이 또 가야겠지?"

"저쪽에서 대비할 텐데요."

"대비해도 안 된다는 걸 알 때까지 가야겠지?"

"그렇겠네요."

"쩝."

그게 문제다.

보통 그런 놈들은 한 번에 승복을 못한다. 당할 때에는 굴복을 해도 일단 위기를 모면하면 방심했다고 스스로 믿어버린다.

그 뒤로는 어디선가 전국구 실력자들을 모아놓고 복수를 한다고 길길이 날 뛸 게 뻔하다.

여기서 문제가 되는 건, 그사이 이쪽 간부들이 해를 입을 수 있다는 것과 구오에게 당한 실력자들에 의해 사부가 구오의 정체를 알게 되는 것이다.

"하아, 정말 빡세게 손을 써야겠네. 최대한 빨리 마무리를 지어야 하니까."

구오는 한숨을 내쉬며 결론을 내렸다.

강도를 심하게 하면 사고가 날 확률이 있다. 그러니까 불구가 된다거나 사람이 미친다거나 하는 거다.

물론 구오는 고수이기 때문에 적절하게 조절을 하겠지만 상대에게 죽음을 느끼게 하고 두 번 다시 모험을 못하게 하려면 역시 위험부담은 있다.

구오는 자신의 손을 보았다.

병기로 키워진 몸이지만 병기가 되기는 싫었다. 한 번 피를 묻히면 두 번 다시 돌이킬 수 없다.

"씨발. 그래도 이쪽이 다치는 것보다는 그게 나아."

구오는 각오를 굳혔다.

꼭 사람을 잡겠다는 의지는 없지만 거의 잡을 정도로 손을 써야 하니 그 정도의 각오는 해야 했다.

그런데 그렇게 심각하게 고민하는 구오를 보며 나싱은 생각했다.

'위험해. 오라버니가 가서 다치는 것도 문제고, 사람을 다치게 하는 것도 문제야. 오라버니가 범죄자가 되게 할 수는 없어.'

나싱이 생각하기에 밤에 몰래 남의 집에 들어가 폭력과 협박을 행사한다는 것은 큰 범죄다.

옛날에는 몰라도 법치국가인 현대 사회에서는 가능한 한 해서는 안 되는 일이었다.

잘못해서 감시 카메라에 찍히기라도 하면 영락없이 잡혀가야 한다. 도망을 갈 수 있다고 해도 그때에는 나싱이 홀로 남겨지게 된다.

나싱은 그걸 참을 수 없었다.

생각하면 할수록 오싹해졌다. 지박령인 나싱은 구오가 그 집을 떠나면 따라갈 수 없다.

그걸로 이별이다.

영원히 방 안에 앉아 구오가 다시 돌아오기를 기다려야 할지도 모른다.

그것이야말로 진짜 지박령의 본령이기는 하지만 나싱은 그런 궁상은 떨기 싫었다.

그냥 구오와 같이 즐겁게 게임을 하고 싶었다.

'무슨 일이 있어도 그런 일만은 없어야 해.'

나싱은 입술을 살짝 깨물며 속으로 각오를 다졌다.

옆에선 나싱의 속도 모르는 구오가 하라타, 외박만 하지 마라, 라고 중얼거리고 있었다.

*   *   *

밤이 되었다.

준호는 이미 가상공간에서 나와 잠을 자고 있었다. 그가 결정한 기습 시간은 새벽 네 시다.

보통 기습은 새벽에 하는 게 좋다. 날이 살짝 밝아올 때에 지키는 사람은 자신도 모르게 긴장을 풀게 된다.

그래서 준호는 세 시까지 자고 나서 네 시부터 다섯 시까지 현피를 뜰 생각이었다.

상대는 기업의 사장이니 지키는 사람도 있겠지만 그거야 크게 신경 쓸 이유도 없다.

적어도 내일 다시 한 번 갔을 때, 그때에나 진짜 고수를 만날 수 있을 것이다.

뎅, 뎅, 뎅.

자정이 되었다.

무는 가상공간과의 접속을 끊고 일어나며 중얼거렸다.

"그럼 가볼까?"

방을 나선 무는 준호의 방을 돌아보며 말했다.

들어가서 얼굴이라도 보고 싶었지만 지금 무의 힘은 너무나도 강해져서 사람과 접촉을 하면 별로 좋지 않을 것 같았다. 그렇기에 무는 가상공간에서 구오와 같이 지내는 시간이 더욱 소중했다.

"오라버니, 죄송해요. 그냥 제 선에서 해결할게요."

무는 작은 목소리로 잠든 준호에게 사과를 하며 집 밖으로 나왔다.

참으로 오랜만에 하는 외출.

의식이 거의 없을 땐 주변의 집들을 돌아다녔지만, 어느 정도 시간이 지나면서 집을 나서기가 힘들어졌다.

지박령이란 게 이런 거구나 싶었다.

지금도 그렇다. 집에서 멀어질수록 불안감이 전신을 억눌렀다. 단순한 불안감뿐만이 아니라 실제로 엄청난 압력이 느껴졌다. 질긴 고무줄이 무의 등과 집을 연결한 것처럼 계속해서 당기는 듯했다.

그래도 가야 한다.

"하아, 그 나쁜 놈 때문에 오라버니도 나도 이런 고생을 하네."

무는 일부러 화를 냈다.

화를 내니 조금은 압력이 약해진 듯한 느낌이 들었다. 무엇보다 무 자체의 힘이 강해져 마음만 먹으면 집을 벗어날 수 있게 되었음을 스스로 깨달았다.

이미 인터넷으로 가는 방법은 다 찾아놓았다. 심야전철이 일반화된 요즘 세상에서 무가 가지 못할 곳은 없었다.

*   *   *

도쿤 기획의 사장인 도쿠마루 하라타는 요즘 신경 쓸 게 많아서 잠을 잘 못 이루고 있었다.

모든 일을 자신의 마음대로 해야 직성이 풀리는 하라타였기에 더 지존에서 일시적이나마 자신의 길드인 도쿤이 위기에 빠졌다는 데에 크게 자존심이 상했다.

생각하면 할수록 구오란 놈이 괘씸했다. 일개 유저가 그를 여기까지 골탕 먹이리라고는 한 번도 생각해 본 적이 없다.

"흐, 그런 놈 때문에 내가 고민할 필요는 없지."

문득 화를 내는 것도 손해란 생각이 들었다. 버러지 같은 놈 하나 때문에 잠을 못 잔다면 이것 또한 수치다.

오자와 기획실장이 알아서 처리할 것이다. 이미 그렇게 명령을 내렸으니 이제는 결과만 기다리면 되는 것이다.

하라타는 일단 생각을 접고 오늘은 일찍 자기로 했다.

그런데 열두 시가 지나고, 한 시가 다 되었을 무렵, 하라타는 잠을 이루지 못하는 자신을 발견했다.

옆에 있는 여자는 이미 잠든 지 오래다.

"제기랄, 이런 개 같은 경우가 있다니."

역시 신경성 불면증은 뜻대로 나아지지 않았다.

"내일은 병원에서 약이라도 받아와야겠군."

하라타는 그렇게 중얼거리며 몸을 일으키려 했다.

화장실을 갔다가 따뜻한 물이라도 한 잔 마시고 다시 잠을 청할 생각이었다.

그러나,

"윽, 이거 왜 이러지?"

몸이 일으켜지지 않았다. 무거운 돌이 가슴을 짓누르는 것처럼 느껴졌다. 거기에 몸이 오싹하고 한기가 가슴에 어리는 게 정말 손가락 하나 까닥하기 힘들었다.

"으으으."

이게 가위에 눌린다는 것인가. 잠이 들지 않았다고 생각했는데 그게 아니라 잠이 들었다가 깨려는 모양이었다.

눈을 떠야 해.

하라타는 속으로 중얼거리며 손가락과 발가락에 힘을 주었다. 그러자 겨우 몸에 힘이 들어가며 눈이 떠졌다.

"휴… 내가 가위에 눌리다니."

하라타는 안도의 한숨을 내쉬며 몸을 일으키려 했다. 그러나 여전히 몸을 일으킬 수 없었다.

"으으으, 정말 왜 이러지? 어어헉!"

필사적으로 일어나려고 전신에 다시 한 번 힘을 주는 순간, 하라타는 보았다.

그의 가슴을 밟고 서 있는 사람.

여자?!

"누, 누구냐?"

놀란 마음을 억지로 누르며 물었다. 암살자인가? 평소에 지은 죄가 적지 않으니 충분히 그럴 수도 있다.

다른 놈들은 뭐 하는 거지? 이런 자가 들어오는 걸 놔두다니. 모두 해고해 버리겠다.

하라타는 순간적으로 많은 생각을 했다.

그런데 생각을 하다 보니 뭔가 이상했다.

상대는 자신을 못 움직이게 누르고 있는 게 아니라 그냥 양발을 가지런히 모으고 서 있을 뿐이었다. 그런데도 왜 손발이 마비된 것처럼 움직이지 않을까?

그때 상대가 무릎을 굽혀 앉으며 하라타에게 말을 걸었다.

"하라타 도쿠마루?"

"으으, 그렇다. 넌 누구냐? 허억!"

젊은 여자인데 입가에 얇은 핏줄기가 흐르고 있었다. 머리도 길게 늘어뜨리고 표정에 감정이 느껴지지 않았다.

무엇보다 상대의 얼굴 뒤로 천장이 비쳐 보인다. 몸 뒤로도 그렇다.

사람이 아니다!

그때야 하라타는 자신을 누르고 있는 이가 사람이 아니라는 사실을 깨달았다.

"끄응."

"어, 기절했네?"

무는 한참 분위기를 잡으려는 순간 하라타가 기절하자 맥이 빠졌다. 상당히 기분이 나빴다.

"내가 화장을 너무 무섭게 했나? 아무리 그래도 그렇지 한 방에 기절을 하나. 쳇. 악당이면 악당답게 간이 좀 커야지."

무는 잠시 투덜대다가 곧 손을 들어 올려 정신을 집중했다.

"찻!"

짝—

"차앗!"

짜짜짝—

이제는 물리력을 충분히 발휘할 수 있게 된 무에게 사람의 따귀를 때리는 것은 아무것도 아니었다.

근육이 아닌 정신의 집중도로 타격을 입히는 강도가 정해지고, 연속적으로 때리려면 그만큼 순간 집중을 잘해야 하는 문제가 있지만 그것 역시 무에게는 가능했다.

"좋았어. 초당 3연타는 충분히 나와."

처음으로 해보는 실전 연습에 무는 만족했다. 그렇게 무는 하라타가 다시 깨어날 때까지 순간 집중 연습을 계속했다.

"흐ㅇㅇㅇ."

다시 깨어난 하라타는 정신이 반쯤 나간 눈으로 무를 보았다. 그냥 기절한 상태로 있고 싶어도 육체적인 고통이 그의 의식을 붙잡았다.

무는 이 정도면 대충 되었다고 생각하고는 몸을 일으켰다. 그리고 양손에 힘을 주어 하라타의 뒷덜미를 잡아 억지로 일으켰다.

반쯤은 목이 졸린 하라타는 컥컥거리며 일어나 침대 아래로 굴러 내려왔다.

"으으윽."

겨우 몸을 일으킨 그는 여전히 자신의 눈앞에 버티고 서 있는 무를 보며 이게 꿈이기를 간절히 빌었다.

그러나 꿈이든 아니든 하라타도 나름 격한 인생을 보낸 악당, 이대로 당할 수는 없었다.

"차앗!"

기합을 지르며 얻은 힘으로 하라타는 옆으로 몸을 날렸

다. 재빨리 침대 옆 서랍을 열고 안에 숨겨져 있던 권총을 꺼냈다.

총을 손에 드니 없던 용기도 생겨났다. 하라타는 서슴없이 무를 향해 방아쇠를 당겼다.

"죽어랏!"

탕, 탕, 탕—

평소 연습을 한 보람이 있어 총알 세 방은 모두 무의 몸을 관통했다. 맞은 게 아니라 단지 관통했을 뿐이다.

무는 얘가 뭐 하나 하는 눈으로 가만히 하라타의 생쇼를 지켜보았다.

세상에 어떤 유령이 총에 맞고 죽을까. 차라리 십자가나 염주를 내밀었으면 이해를 했을 텐데.

"하아."

무는 짧게 한숨을 내쉬며 하라타에게 다가갔다.

"가까이 오지 마!"

탕—

하라타가 다시 한 방을 쏘았을 때, 무는 손을 내밀어 하라타의 손에서 총을 빼앗았다. 그러고는 하라타의 머리 위에 대고 가볍게 한 방을 당겼다.

탕—

"어억!"

하라타의 머리카락 몇 가닥이 총알이 지나가는 충격파에 휘말려 날아올랐다. 아마도 머리 위쪽이 화끈했을 것이다.

"죽고 싶지? 응?"

무는 총을 툭 하고 하라타의 머리에 던지며 말했다.

"으으으."

총을 쏘는 유령.

하라타는 완전히 얼이 빠져 더 이상 움직일 기력도 없는 듯 했다.

이제는 되었다. 상대는 대항할 의지를 잃었다.

무는 손가락으로 하라타의 턱을 붙잡고 살짝 웃으며 준비해 두었던 대사를 말했다.

"너는 은영사혼신묘사의 당대 상인에게 실례를 범했다. 이 대로 피가 얼어 죽어도, 영혼이 구제받을 길은 없을 것이다."

"어흐흐. 내, 내가 언제……."

"구오님의 생신(生身)은 평생 타인과 접할 수 없지만, 세상이 바뀌니 새로운 유희를 할 수 있게 되었지. 그런데 더러운 것들이 신(神)도 귀(鬼)도 무서운 줄 모르고 고귀한 몸을 부정하게 하다니."

"허억!"

"죽을 때까지 괴로워하다 죽어서도 업화지옥에 빠지는 게 좋아."

일부러 얼굴을 차갑게 굳히고는 감정이 담기지 않은 목소리로 말을 하니 정말 귀기가 방 안에 넘치고 흘렀다.

하라타는 거의 숨이 넘어갈 것 같은 공포에 빠져 서서히 입안에서부터 하얀 거품이 올라오고 있었다. 다시 기절하려는 모양이었다.

무는 그냥 기절하게 놔둘까 아니면 또 따귀를 때릴까 하고 고민했다.

그런데 그때,

탕탕탕—

"사장님, 괜찮습니까?"

"무슨 일이십니까?"

방 밖이 소란스럽다. 노크라기보다는 문을 두들겨 부수려는 듯한 소리가 났다. 하기야 총을 몇 방이나 쐈는데 사람들이 가만히 있을 리가 없다.

"산 자는 죽음을 피할 수 없다."

무는 자기 할 말을 끝내고는 곧 몸을 일으켜 한쪽 벽을 향해 걸어갔다.

슥, 하는 소리와 함께 무는 벽을 통과해 밖으로 나갈 수 있었다.

방 안쪽에서 크게 비명 소리가 들렸다. 무의 모습이 사라지자 하라타가 참았던 비명을 지르는 모양이었다.

조금 시간이 지나니 밖에서 사이렌 울리는 소리가 들려왔다. 구급차가 온 모양이다.

"괜찮을라나?"

무는 자신의 손을 보았다.

하라타는 무에게 몇 번이나 접촉을 했다. 몸이 상당히 약해졌을 것이다.

거기에 유령을 보았다는 심적 부담은 결코 작은 게 아니다. 이대로 숨이 넘어가도 이상하지 않다.

"뭐, 제법 튼튼한 몸이었으니까 괜찮겠지."

무는 더 이상 신경 쓰지 않기로 하고 몸을 돌렸다.

할 일을 끝내니 있던 곳으로 돌아가고 싶다는 욕망이 더욱 강해져 참기 힘들었다.

무는 서둘러 새벽 전철을 타고 집으로 돌아갔다.

"휴. 겨우 시간에 맞췄네."

시계를 보니 새벽 세 시가 거의 다 되었다.

무는 아무것도 모르는 척 방으로 들어가 가상공간에 접속했다. 오피스에서 공부를 좀 하다가 더 지존에 들어갈 생각이었다.

잠시 후, 준호가 잠에서 깨어나 기지개를 켰다.

"끄응, 이제 슬슬 가볼까?"

준호는 손에 얇은 장갑을 끼고, 남청색 스포츠복을 입었다.

얼굴을 가릴 모자와 마스크, 그리고 선글라스까지 껴보니 좀 미친 사람 같기도 했다.

"쩝. 밤에 선글라스는 좀 그렇네. 그래도 어쩔 수 없지."

준호는 일단 얼굴을 가린 것들을 벗어 점퍼 주머니 안에 넣고 그것을 입었다.

그 뒤로 아까 무가 탔던 전철을 타고 하라타의 집이 있는 곳으로 향했다.

도착을 한 후, 주변에 아무도 없는 것을 확인한 준호는 코인 라커에 점퍼를 벗어 넣은 후, 손에 모자와 복면을 들고 하라타의 집으로 걸어갔다.

한 걸음을 옮길 때마다 마음이 안정되고 묘한 흥분이 그를 감쌌다.

남을 때리는 게 즐거운 건 아니다. 단지 누군가와 싸운다는 걸 몸이 알고 반응하는 모양이었다.

"젠장, 빌어먹을 사부."

준호는 이 신체 현상이 오랜 수련에 의해 몸에 새겨진 것이라는 것을 안다. 자신도 모르는 사이 사부에 대한 원망이 구름처럼 떠올랐다.

"일이나 하자."

잡념은 나중에 가져도 늦지 않다. 준호는 속으로 중얼거리며 하라타의 집이 보이는 길로 들어섰다.

그런데 이게 웬일일까?

길을 가득 메운 하얀 승합차는 위에 빙글빙글 도는 깜빡이를 달고 있다.

사쿠라 병원.

차에 새겨진 문구를 봐도 구급차가 확실했다.

"이런, 오는 날이 장날이라고 저 집에 누군가가 병에 걸렸나?"

이렇게 어수선한 상황이면 일을 할 수가 없다. 준호는 혀를 차고는 자연스러운 걸음으로 구급차에 다가갔다.

"저, 저 집에 무슨 일이 있나요? 이런 새벽에 난리도 아니네요."

구급대원 중 하나가 피곤한 얼굴로 말했다.

"소란을 피워 죄송합니다. 이 댁의 주인이신 하라타 씨께서 급병으로 입원을 하시게 되었기 때문에 좀 시간이 걸릴 것 같습니다. 인근에 사는 분이시면 내일 하라타 씨네 댁에서 사과를 하러 갈 것이라고 하니 귀찮으시더라도 조금만 참아주십시오."

"아, 하라타 씨가 입원을 하는군요. 그럼 어쩔 수 없죠."

준호는 알았다는 듯이 대답을 하고 몸을 돌렸다.

골목길로 들어선 준호는 다시 하라타의 집을 돌아보며 혀를 찼다.

"어휴, 저놈이 천벌을 받아도 하필이면 오늘 받나? 그냥 나한테 벌을 받고 말지. 괜히 사람 헛수고하게 만들고……."

아쉬웠다.

모처럼 몸이 전투모드로 변해 있었는데 주먹이 바람도 한번 제대로 가르지 못하고 전신의 긴장을 진정시켜야 했다.

"이거, 어떻게 하지? 입원해 있는 동안 이쪽이 공격받으면 곤란한데 말이야. 쩝."

어쩌면 병원으로 찾아가야 할지도 모른다. 준호는 일단 사쿠라 병원이란 이름과 구급차에 적힌 전화번호를 기억했다.

어쨌든 간에 오늘은 허탕을 친 셈이었다.

아쉬움과 차가운 새벽바람이 준호의 등을 스치니 몸이 부르르 떨렸다.

CHAPTER 02
전쟁의 이유

"은영사혼에 신묘사라고 하셨습니까?"

"그렇습니다. 법사께서 아시는 바가 있습니까?"

"신묘사라면 아주 오래전에 사라진 음양사 일족으로 알고 있습니다. 그리고 은영사혼이라면……."

도쿠마루 가문과 인연을 맺고 있는 진해 법사는 귀신을 보고 입원했다는 하라타의 말을 듣고 왔다.

하라타는 깨어나자마자 법사에게 자신이 본 것과 들은 것을 모두 설명했다.

그러자 전국에서도 이름 높은 진해 법사의 안색이 굳어졌다. 설마 신묘사라는 이름을 하라타의 입으로부터 들으리라고는 진해 법사도 생각지 못한 일이었다.

"은영사혼이 어떻단 말씀이십니까?"

하라타가 재촉을 하자 진해 법사는 신중하게 자신이 아는 바를 말하기 시작했다.

"은은 숨는다, 영은 실체가 없다, 사는 죽음, 혼은 보이지는 않지만 틀림없이 있다는 의미로, 신묘사 쪽에서도 아주 비밀리에 존재하는 시노비라는 기록을 본 적이 있습니다."

"음양사이자 시노비란 말입니까?"

"그렇지요. 하는 일은 주로 귀신을 불러 저주를 내리거나 암살을 하는데, 수법이 뛰어나 당대에 신묘사의 이름 뒤에 항상 그들의 그림자가 있었다고 합니다. 그러나 신묘사 자체가 수백 년 전에 사라졌기 때문에 이미 은영사혼도 자취를 찾을 수 없지요. 원래부터 찾을 수 없다는 곳이라……."

"으으, 귀신을 이용한 저주와 암살!"

하라타는 진해 법사의 말에서 무서운 내용을 찾아낼 수 있었다.

단지 귀신을 보고 기절했다고 보기에 그의 몸은 하룻밤 새에 심하게 허약해져 병원 관계자들도 놀랄 정도였다.

진해 법사도 하라타의 몸과 눈을 보고는 한숨을 내쉬었다.

"하라타 사장이 들은 말 중에 평생 생신이 타인을 접할 수 없다고 했는데, 이것도 제가 본 은영사혼의 상인이 지켜야 할 오대계율 중 하나에 있습니다. 아무래도 맥이 끊어진 줄 알았던 신묘사의 후예 중에 은영사혼이 남아 있었던 모양이군요."

진해 법사는 그러면서도 가상공간이라 과연 그쪽이라면 계율을 범하는 건 아닌가 하고 생각했다.

사실 이러한 끊겨진 비맥의 규율을 아는 사람은 거의 없다. 어쩌면 일본의 밀교와 천도를 통틀어 진해 법사 혼자뿐일지도 모른다.

그런 만큼 상대가 그 부분을 이야기했다면 도저히 가짜라고는 생각되어지지 않는다.

귀신을 부려 사람을 죽이는 음양사의 시노비! 그들의 맥이 아직 남아 있었던 것이다.

"아미타불."

진해 법사는 자신도 모르게 불호를 외웠다. 그만큼 신묘사 음영사혼의 존재가 무겁게 가슴을 눌렀다.

"그럼 그놈들이 정말 귀신을 부린단 말입니까? 제가 본 것이 어떤 사기나 특수 촬영과도 같은 게 아니고요?"

하라타가 거의 비명에 가까운 목소리로 묻자, 진해 법사는 다시 한숨을 내쉬며 말했다.

"보통 귀신의 일은 십중팔구 속임수라고 말할 수 있는데,

하라타 사장을 보니 이번 것은 아무래도 문제가 심각한 것 같습니다."

"진짜 귀신이란 말씀이십니까?"

"이미 하라타 사장의 집에 다녀왔는데, 집 안과 밖에 모두 귀기가 충만하여 아직 사라지지 않았더이다."

진해 법사는 최소한의 배려로 하라타에게서도 귀기가 느껴진다고는 말하지 않았다. 하지만 하라타의 얼굴색이나 눈빛을 보건대 귀신한테 당한 사람의 그것이다.

사진을 찍어놓고 귀신에게 당한 사람의 얼굴이라고 밀교의 제자들에게 보여주고 싶을 정도였다.

하라타는 진해 법사의 눈빛만 보고도 상황을 이해했다. 미치고 싶었다.

하라타는 맹세코 지금까지 자신이 살면서 귀신과 엮일 거란 생각은 한 번도 해보지 않았다. 그런데 진해 법사의 말로는 아주 제대로 걸렸다고 한다.

죽고 싶었다. 그러나 죽기 싫었다.

"막을 수는 있는 겁니까?"

간절한 음성이었다.

하라타의 생각으로는 그 귀신이 진짜든 가짜든 다시 찾아온다면 이제는 죽을 것 같았다. 나름 거친 인생을 보낸 그였기에 위험에 대한 예감은 거의 틀림이 없었다.

진해 법사는 잠시 생각을 하다가 말했다.

"귀신이 사람을 일으켜 세우고, 총을 빼앗아 쏘기도 했다면 그건 단순한 귀신이라 할 수 없습니다. 눈에 보이고 귀곡성이 귀에 들리기만 해도 충분히 사람을 저주로 죽일 수 있는데, 직접적으로 그렇게 손을 쓸 수 있다니 거의 전무후무한 존재라고 봐야 할 겁니다."

"그, 그럼 못 막는다는 말씀이십니까?"

"귀신을 쫓는 데에는 자고로 부적과 염불이 제일이라 했는데, 부적을 붙여도 나뭇가지를 들어 뜯어내면 되고, 염불은 일종의 법력과 귀력의 힘겨루기인데, 그런 귀신을 이길 법력이 어디 있겠습니까? 안타깝게도……."

법력이라면 진해 법사도 상당한 수력을 쌓았지만 하라타가 만난 귀신만큼은 절대 만나고 싶지 않았다.

당대에 밀교와 신도를 통틀어도 귀신을 불러낼 수 있는 사람은 없다고 알고 있다. 만약 불러낸다고 해도 소리도 못 내는 허깨비 정도?

진해 법사의 판단으로 볼 때, 그 귀신을 부리는 은영사혼의 상인이라는 사람은 역사를 통틀어 첫째, 둘째를 다툴 만한 힘을 지녔다고 봐야 한다.

전설도 아니고, 어떻게 현세에 그런 사람이 나올 수 있을까? 만약 만날 수만 있다면 나이나 신분을 떠나 절을 하고 제자로 들어가고 싶을 정도였다.

생각을 정리한 진해 법사는 점잖으면서도 단호한 어조로 하라타에게 말했다.

"하라타 사장님께서는 가능하면 그분과의 악연을 풀고, 선연을 쌓는 것이 좋겠습니다."

죽기 싫으면 말이다. 마음속으로 마지막 구절을 삼켰지만 아마도 하라타의 귀에는 들렸으리라.

$$* \qquad * \qquad *$$

"허 참, 하필이면 그때 입원을 하다니. 병원까지 찾아가야 하나?"

외박만 하지 마라고 생각했었는데, 입원이란다.

이걸 어찌해야 하나?

준호는 고민을 했다. 병원에 입원할 정도의 환자를 괴롭히는 건 양심에 걸린다.

하지만 이러고 있는 사이에 이쪽이 공격을 당하면 문제가 커진다. 남의 사정을 봐줄 때가 아닌 것이다.

"어차피 독하게 마음먹기로 했으니 어쩔 수 없지. 오늘 밤에 가자."

칼을 뽑았으니 베어야 한다.

준호는 그렇게 결정을 내리고 캡슐에 누웠다. 밤은 밤이고 지금은 게임을 할 때다.

슈우우웅 하고 시스템이 돌아가는 소리와 함께 의식이 이동하는 느낌이 들었다.

눈을 뜨니 어느새 더 지존의 세계다.

"구오 왔냐?"

사무실에 들어가니 쇼부가 반겨준다. 새로 가입한 길드원들의 신상명세를 확인하고 소속을 정하고 있는 모양이었다.

"또 사람이 늘었어요?"

"우리 예측이 틀렸다. 이대로 첫 번째 영주전을 이기면 2만 명이 넘는 인원이 될지도 몰라."

"흐, 하기야 이미 만 명이 넘었으니 사람들도 대세를 보겠군요."

대부분의 사람들이 이제는 마키오의 승리를 점치고 있다는 소리다. 아직 확신을 못하고 머뭇거리고 있는 사람들도 채롯 성채를 함락시키는 순간 대거 몰려들 테니 쇼부의 말대로 2만은 충분히 될 터였다.

"알았어요. 이제 영주전이 딱 일주일 남았으니 마지막까지 심혈을 기울이죠."

"그렇게 하자."

둘이 상의를 하는 사이 나싱이 들어오고 다른 사람들도 하나둘 접속을 했다. 자연스럽게 전체 회의로 이어져 각 부대들의 현황과 전후 처리까지 세부사항을 정리하기 시작했다.

겉으로는 폭풍과도 같은 분노의 감정이 치밀어 오르는 전쟁전야지만 사실 이런 대규모 전쟁은 결코 한순간의 감정으로 이루어질 수 없다. 치밀한 사전 준비와 사후 대비가 있어야 한다.

그렇게 한참 회의를 하는데, 해피보이로부터 귓말이 왔다.

[형님, 존경합니다.]

[잉? 뭐냐?]

[어떻게 하루 만에 그렇게 확실하게 손을 쓰실 수 있으세요?]

[뭔 소리야. 자세히 말해봐.]

[도쿤 쪽에서 연락이 왔는데, 이쪽에 침투한 사람들 모두 대기하라고 하네요. 아마도 도쿤 쪽에서 형한테 직접 친선사절이 갈 것 같아요.]

[오잉?]

이게 웬 소린가? 구오가 아리송한 표정을 짓고 있을 때, 해피보이는 기대에 찬 목소리로 말을 이었다.

[어떻게 하신 건지 알려달라고 부탁드려도 무리겠죠?]

[일단 끊어.]

영문을 모르기는 구오도 마찬가지였다. 구오는 귓말을 끊고 생각에 잠겼다.

'이게 어찌 된 일일까? 하라타란 놈이 내 의도를 미리 알고 항복했을 리는 없잖아. 혹시 내 정체를 알고?'

큰 문제다.

정말 하라타가 구오의 정체를 알았다면 그건 사부도 알았다는 소리다.

도망가야 할까?

구오는 슬쩍 나싱을 보았다.

'아니야. 사부가 내가 사는 곳을 안 것은 아니니 아직 떠날 필요는 없어. 두려워하지 말자. 현실이 아니면 어떻게든 될 테니까.'

구오는 한국에서 요즘 악명을 떨치고 있는 독재마인이 사부임을 안다.

현재 전 세계 더 지존의 피케이 순위 일위.

몬스터를 잡아서 레벨을 올린 게 아니라 사람을 잡아서 지존이 되려는 자였다.

암살자가 되면 피케이를 할 때마다 경험치를 준다는 것을 극한까지 이용한 셈인데, 그 때문에 독재마인의 존재는 한국 내에서 일종의 이벤트 몬스터화되어 있는 상태였다.

독재마인이 한 번도 안 죽은 건 아니다. 가끔 죽을 때도 있다. 그때마다 독재마인은 최고급 유니크 아이템을 떨궜다.

죽이기는 어렵지만 일단 죽이면 웬만한 보스 몬스터보다 드랍이 좋다고 한다.

그래서 독재마인을 잡겠다고 만들어진 길드도 있다는 소문이었다.

이벤트 네임드.

독재마인은 이제 그런 취급을 받고 있는 중이었다.

"무슨 일인데 그러냐?"

한참 생각을 하고 있는데, 당삼이 물었다.

길드의 수장이 회의 중에 귓말을 받고 생각에 빠지는 바람에 회의가 중지된 상태였다.

"아, 해피보인데요. 도쿤 쪽에서 화친 사절이 올 거라네요."

"그래? 그럼 네가 벌써 손을 쓴 거냐?"

"와, 구오, 너 알고 보니 대단한 사람이었구나."

화친 사절이라는 말에 사람들은 구오가 어떻게 한 줄 알고 감탄했다.

구오로서는 뭐라고 대답을 해야 할지 몰라 그저 웃었다. 바보가 된 기분도 살짝 들었다.

그때 나싱이 살짝 귓말을 보냈다.

[오라버니, 죄송해요. 제가 했어요.]

구오는 나싱을 바라보았다. 나싱이 고개를 숙이고 있는 게 보였다.

"저기 일단 제가 생각을 정리해야 하니까 화친 사절이 올 때까지 혼자 있을게요."

"그래라. 우린 여기서 대기하고 있을게."

구오는 사무실을 나왔다. 나싱이 조용히 그 뒤를 따라 나왔다.

"어떻게 했는데?"

"그냥 오라버니가 가시는 게 싫어서 제가 갔어요."

"네가?"

"예. 오라버니가 가면 범죄가 되니까……."

"하기야 네가 가면 범죄는 아니지. 그래서 협박했니?"

"조금요."

"병원에 입원했다던데?"

"보통 사람은 저를 보기만 해도 병원에 입원해요."

나싱은 자신이 하라타를 두들겨서 깨웠다거나 총을 빼앗아 쏘아줬다던가 하는 말은 하지 않았다. 너무 왈가닥으로 보이는 게 싫었던 것이다.

"풋. 그건 그렇겠네."

구오는 바로 이해했다. 그의 경우 나싱과의 첫 만남이 기묘했기에 놀랄 시간이 없었지만, 그렇지 않은 다른 사람은 아무래도 유령을 보고 제정신으로 있기 어려울 것이다.

기분이 좋아졌다. 그가 생각하기에도 폭력보다는 귀신이
조금 더 평화적이면서도 효과가 좋을 것 같았다.

"흠, 그렇단 말이지? 그런데 유령이 간 걸 어떻게 설명해야
하는 거지?"

"일단 제가 오라버니를 신묘사 상인이라고 말해놨어요."

"그게 누군데?"

"제가 원래 속해 있던 곳의 수장이에요. 신묘사는 음양사
가문인데, 시노비 가문이기도 해서 주로 주군이 되는 사람을
지키고 적을 치는 역할을 해요."

시노비란 곧 닌자를 말한다. 알고 보니 나싱은 살아생전에
닌자에게 훈련을 받았나 보다.

"암살 같은 것 말이군."

"저주도 해요. 반대로 저주를 막기도 하고요. 전 저주를 막
기 위한 제사에 쓰였어요."

"어, 그러고 보니 너 살아 있을 때 기억을 되찾은 거야?"

"얼마 전에 기억이 났어요. 제가 원래 귀신이 되면 상인이
저를 부려 주군을 지키는 일을 했을 거예요. 그런데 제가 좀
덜떨어진 건지 귀신이 늦게 되는 바람에……."

나싱의 설명에 의하면, 신묘사의 상인은 부모가 없는 여아
들을 여럿 키우며 엄격한 수련을 통해 가장 기량이 뛰어난 두
명을 선발했다고 한다.

그중 한 명은 살아서 상인의 부인이 되고, 다른 한 명은 죽어서 귀신이 된 채 상인의 부림을 받는 게 법도라고 한다.

"그런 거야? 하, 정말 귀신을 만드는 방법이 있었단 말이지? 그럼 나싱이 살아 있을 때에도 상인이란 사람은 귀신을 부렸겠네?"

"아뇨. 그게 쉽지 않은지 그런 능력을 가진 사람이 몇 대에 걸쳐 한 번 정도밖에 안 나온대요. 사실 저는 저 이외의 귀신을 본 적이 없어요."

"그럼 네가 덜떨어진 게 아니라 상인이란 자의 능력이 부속했던 거네."

"그럴지도 모르죠. 어쨌든 지금 제 주인은 오라버니니까 오라버니가 상인이라고 할 수 있어요."

"난 네 주인 같은 게 아니야."

"말하자면 그렇다는 거죠. 헤헤헤."

구오가 정색을 하고 말하자 나싱은 약간 애교있는 웃음을 지었다. 구오의 마음을 잘 알고 있기에 가슴속에서 감동이 느껴졌다.

구오는 곧 다시 나싱이 한 말에 대해 생각했다.

"음… 신묘사 상인이라."

"정확하게는 신묘사 은영사혼 상인이에요. 은영사혼의 상인은 평생 외인을 만나지 못해요. 부정 타거든요."

"흐, 엄격하군."

"그렇죠. 하지만 그만큼 힘이 있어요. 신묘사 본당인 광선 보조의 당주 다음가는 직위인데, 광선보조의 당주도 은영사혼의 상인에게 함부로 명령을 내릴 수 없어요. 오히려 본당의 당주가 되기 위해서는 상인의 인가를 받아야 해요."

나싱은 잠시 말을 끊었다가 설명을 계속했다.

"이건 제 생각인데, 신묘사가 현세에 맥이 끊어진 이유는 은영사혼이 먼저 자취를 감추자, 본당의 당주 역시 정통성이 없어져서 지류에 위엄을 세울 수 없게 되었기 때문일 거예요. 제가 있을 때에 은영사혼이 힘을 잃어서 여러 가지 무리수를 두는 상황이었거든요."

"그거야 보지 않았으니 모르는 일이고, 어쨌든 난 신묘사의 상인이라 외인을 직접 만날 수는 없다. 하지만 가상공간 내에서는 직접 만나는 게 아니니까 괜찮다는 건가?"

"예, 제가 여러모로 궁리해 봤는데 그게 말이 돼서요."

"그러네. 나쁘지 않은데?"

졸지에 사이비 교주 비슷한 신분이 하나 생겼다.

말이 안 된다고는 할 수 없는 게 실제로 귀신을 부린 셈이니 하라타 쪽에서는 믿지 않을 수 없을 것이다.

"흠, 좋아. 지금부터 난 신묘사 상인이다."

이거면 사부의 눈도 속일 수 있다. 구오는 입가에 미소를 지었다.

"그럼 제가 신묘사의 역사나 관련 주문하고 지식 같은 걸 가르쳐 드릴게요."

"윽, 공부해야 되는 거였어? 그냥 이름만 달고 살면 안 될까?"

"헤헤헤. 그래도 여차할 때 조금은 알아야 하지 않겠어요?"

"하아, 살다 보니 귀신 부르는 주문도 다 배우게 되는군. 그것도 귀신한테 말이야."

구오의 익살스러운 표정에 나싱도 살짝 웃고는 말했다.

"이게 효과가 있는지 없는지는 잘 모르겠지만 그래도 아주 오래된 거니까 동종업자들이 볼 때에는 그럴듯할 거예요. 일단 몇 개만 외우시고 나머지는 제가 책으로 써드릴게요."

"그게 좋겠다. 필요하면 너한테 물어보면 되고 말이야."

"예."

그 뒤로 구오는 나싱에게 신묘사의 신분을 나타내는 표언이나 귀신의 부르는 주문, 저주를 걸거나 푸는 방법 등 상인이 꼭 알아야 할 몇 가지 것들을 배웠다.

한 번 듣고 모든 것을 외울 수는 없었지만 메모 기능에 다 적어놓고 필요하면 언제든지 눈앞에 상태창으로 뜨도록 했다.

상태창은 본인 이외에는 안 보이므로 그걸 띄워놓고 있는 폼 없는 폼을 다 잡으며 그럴싸하게 주문을 외우니 정말 가상 공간에 이름 높은 퇴마사가 하나 나타난 듯한 분위기가 났다.

"흐, 좋아. 좋아."

"저도 좋아요. 오라버니 여차하면 진짜 그쪽으로 개업을 하셔도 될 거예요."

"카카카카카, 그래 볼까?"

교주! 사이비 종교의 교주!

이게 잘만 하면 권력과 금력을 모두 얻을 수 있다는 것은 구오도 알고 있다. 생각해 보니 나싱도 있는 상황이라 아주 사이비는 아니었다.

"아니지, 그건 아니야."

"예?"

"내가 너를 써서 사이비 종교를 만들 수는 없잖아."

"전 상관없는데요? 원래 귀신이니까."

나싱은 구오가 신묘사의 새 상인이 되기를 원하고 있었다.

그래야 그녀가 죽은 보람이 있다고 할까? 어떤 굴레가 있는 것은 아니지만 미묘한 감정의 문제다.

헛된 죽음보다는 기왕 귀신이 된 거 신묘사의 수호신이 되고 싶었다.

그런데 구오가 말했다.

"그러다 정체가 드러나면? 나싱이란 캐릭이 사람이 아니라고 말이야."

"아, 그럼 안 되겠네요."

나싱의 안색이 굳어졌다.

미처 그 생각까지는 하지 못했었다. 구오의 말을 듣고 보니 정말로 위험할 수 있는 문제였다.

만약 도쿤의 사장이 더 지존 내에서 나싱을 보고 귀신하고 얼굴이 똑같다는 것을 알게 되면 그때에는 나싱이 더 이상 가상공간에 접속할 수 없게 될지도 모른다.

"위험해. 앞으로는 다른 사람들 앞에 나서지 마. 도쿤 쪽에도 대충 얼버무리자."

"예."

그렇게 생각을 정리하고 있으니 곧 도쿤 쪽에서 정식으로 회담신청이 왔다.

이미 저쪽의 핵심인물 중 하나인 부길마 모모마루가 직접 마키오의 경계까지 와 있다고 했다.

모모마루는 본명이 오자와라고 하는데, 도쿤 기획사의 기획실장의 직을 맡고 있었다. 한마디로 도쿤의 이인자로 알려진 인물이었다.

구오는 다른 사람들에게 부탁을 하여 회의실에서 모모마루와 단독으로 면담을 했다.

쇼부를 비롯해 마키오의 간부들은 구오의 요청에 따라 외부를 정비하러 나갔다. 모모마루와 같이 온 도쿤 쪽 사람들도 마찬가지로 밖에 대기했다.

"구오님을 만나뵙게 되어 영광입니다."

"뭐, 저야 신참이나 다름없는 몸이니 제가 오히려 명성 높으신 모모마루님을 뵙게 되어 영광이라 할 수 있지요."

"아닙니다. 저희 도쿤의 하라타 사장님은 구오님을 미처 알아보지 못하고 결례를 범하게 되어 정말 유감이라고 사죄의 말씀을 전하셨습니다."

'유감은 무슨 유감, 귀신을 한 번 보니 똥줄이 타서 어쩔 수 없는 거겠지.'

구오는 속으로 혀를 찼지만 화친을 하자고 온 사람이고, 또 이쪽도 대충 얼버무려야 하는 사정이 있었다.

구오는 점잖게 고개를 끄덕이며 말했다.

"이곳은 허상의 세계, 평소와는 다른 자신을 만들어갈 수 있는 곳이니만큼 현실의 신분 따위는 오히려 아무것도 아닐 수 있지요. 신경 쓰실 필요 없습니다."

"어떻게 그럴 수 있겠습니까?"

"제가 원하는 바는 이곳의 일과 현실이 전혀 관계되지 않는 것입니다. 꿈속의 일처럼, 또 하나의 인생을 살기를 원합니다. 만약에 그렇지 않은 상황이 온다면 저는 분노할 것입니다."

단호한 목소리다. 구오는 모모마루가 자신의 현실 신분을 거론하는 것 자체를 싫어한다는 자세를 취했다.

모모마루는 그걸 알아차렸다.

하기야 상대는 다른 사람을 직접 만나는 것이 금지된 신분이다. 이렇게 게임 속에서 활동하는 것도 어떻게 보면 사실상 규율을 위반하는 일이라 할 수 있었다.

상대는 구설수에 오르는 것을 경계한다.

모모마루는 다행이라고 생각했다.

어떻게든 구오를 설득해서 더 이상 위험한 일이 없도록 하는 게 그의 임무인만큼, 모든 일을 묻고 게임에만 집중한다면 그보다 더 좋을 수는 없었다.

"예. 원칙적으로 그게 당연합니다. 저희가 이번에 실수한 것을 인정하고 다시는 그런 일이 없을 거라는 것을 말씀드리고 싶습니다."

"그것으로 충분합니다."

"그리고 말이 나온 김에 이번 분쟁에 대해서도 좋게 해결하는 게 어떻겠냐는 저희 사장의 의견이 있었습니다만. 구오 님께서 허락하신다면 대등한 동맹을 맺고 같이 세계에 나가는 것도 좋지 않겠습니까?"

모모마루는 살짝 화제를 바꿨다.

이 일 역시 중요하다.

어쨌거나 지금 구오가 이끄는 마키오 길드는 시대의 흐름을 타고 쓰나미와도 같은 막기 힘든 힘이 되어가고 있었다.

도쿤으로서는 위기라 할 수 있으니, 어떻게든 전쟁을 막아야 한다.

평소라면 하라타 사장의 성격상 현실의 조직을 동원해서라도 마키오를 부수겠지만, 이처럼 구오가 건드리면 안 되는 사람이라는 것이 밝혀진 이상 화친이 최고다.

하라타 사장도 이미 동의를 했고, 별로 자존심이 상해하지도 않았다. 구오를 인정한 셈이다.

구오는 모모마루의 제안에 즉시 대답하지 않고 잠시 고민했다.

확실히 지금이라면 도쿤도 더 이상 딴 수작을 하지 못한다. 이쪽의 요구를 웬만하면 다 받아들일 터이고.

'나쁘진 않은데 말이야.'

대형 길드를 운용하는 것은 결코 쉬운 일이 아니다. 특히 구오처럼 현실에서의 기반이 전혀 없는 경우라면 거의 불가능에 가깝다.

지금까지는 일이 잘 풀려서 급속도로 세력이 확장된 면이 있는데, 전쟁이 끝나고 나면 이걸 유지할 방법이 없었다.

뜨거워진 가슴이 식으면 점점 자신들의 이익을 생각하게

되고, 그러면 분열이 일어난다. 일반적으로 거기까지 가면 다시 사람들을 모으기는 몇 배나 힘들다.

차라리 이쯤에서 도쿤과 협력해서 묻어가는 게 나을지도 모른다.

도쿤은 가상공간 엔터테인먼트의 선두주자다. 그런 식의 기반이 없는 마키오로서는 도쿤의 도움을 받는 것이 백 배 좋다.

배반당할 염려가 사라진 지금이라면 할 만하다. 그를 따르는 사람들의 미래를 위해서도 그게 옳은 길일지도 모른다.

째깍째깍.

시간이 흘렀다. 사무실에 옵션으로 장식된 시계의 소리만 끊임없이 이어졌다.

모모마루는 구오가 입을 다물고 대답을 하지 않자 조용히 기다렸다.

모모마루는 구오가 승낙을 할 것이라 예상하지만 지금까지의 일을 보면 자신의 예상은 항상 깨졌다.

이번에는 어떨까?

모모마루는 호기심 어린 눈으로 구오를 보았다.

한참 고민을 하던 구오는 깊은 한숨을 내쉬며 말했다.

"우리는 도쿤과 전쟁을 하기 위해 모였습니다. 그렇기 때문에 전쟁도 하지 않고 화친을 할 수는 없습니다. 이미 마키오의 움직임은 저 혼자만의 의견으로 결정되어지는 단계를 넘었습니다."

"하지만 구오님께서 결정하신다면 다들 따를 겁니다."

"그렇기 때문에 저는 함부로 결정을 하지 못합니다. 전쟁은 해야 합니다."

"꼭 하셔야겠습니까?"

"어쩔 수 없습니다."

구오는 더 이상 말하지 않았다. 그러자 모모마루는 약간 더 강하게 구오에게 말했다.

"구오님께서 아시는지 모르겠지만, 현실에서든 가상공간에서든 전쟁이란 게 결코 마음먹은 대로 흘러가지는 않습니다. 특히 지휘할 사람이 만 명이 넘으면 더욱더 그렇지요. 사람들은 절대로 지휘부가 원하는 대로 움직여 주지 않습니다."

"그런가요?"

"그렇지요. 구오님은, 아니, 마키오 내에서 만 명이 넘는 사람을 지휘해 전쟁을 수행해 본 사람이 있는지 궁금하군요."

"글쎄요."

말은 글쎄요지만 있을 리가 없다.

우선 요즘 세상에 만 명이 넘는 사람들이 전쟁을 할 일은 거의 게임 내에서밖에 없는데, 도쿤 이외에 만 명이란 회원 수를 지닌 길드는 없었다.

모모마루는 그것 보라는 표정을 지으며 말했다.

"있으면 그나마 다행이지만, 없다면 아마 숫자가 오히려 해가 되는 경우가 발생할 겁니다. 설혹 한두 명 있다고 해도 큰 차이가 없지요. 만 명을 움직이려면 만부장 한 명과 유사 시 그 대리를 할 수 있는 참모 몇 명, 천부장 열 명과 천부장 을 보필하는 부관 30명, 백부장 100명, 분대장 천 명이 필요할 것입니다. 또한 이들 지휘관들과 하사관들 사이에 면밀한 연 락 체계와 행동 방침이 있어 어떤 상황에서도 혼란에 빠지지 않고 일사불란하게 제어할 수 있어야 합니다. 그런 조직 체계 가 없다면 부대라는 것은 전력이 아니라 식량을 소비하는 고 깃덩어리나 다름이 없습니다."

"고깃덩어리라……."

"비유가 심할지는 몰라도 그게 사실입니다. 저희 도쿤은 완벽한 체제를 갖추고 있어 지휘부의 지휘가 없어도 알아서 움직일 정도의 정예, 그것도 백부장 이상은 전원 프로로 조직 력에 있어서는 세계에서도 으뜸으로 평가받고 있습니다. 그 런데도 저희와 싸워 이길 수 있다고 생각하십니까?"

어중이떠중이들을 모아서 정예 부대가 지키는 전략 성채 를 공략한다? 그건 정말 농담과도 같은 착각이라고 모모마루는 열심히 설명했다.

설명은 진심이 담겨 있다는 것을 누가 봐도 알 수 있을 정도로 일목요연한 내용이었다.

하지만 구오는 고개를 살짝 저으며 대답했다.

"잘못 이해하신 모양이군요. 이길 수 있어서 싸운다기보다는 싸우기 위해 모였기 때문에 싸운다는 것입니다. 그리고……."

"그리고?"

"방어는 조직력과 인내, 공격은 기백과 수."

"으음."

모모마루는 반박을 하지 못했다.

확실히 구오의 말대로 지금 마키오라면 방어는 몰라도 공격은 가능하다.

조직력이 아예 없는 것도 아니기 때문에 여차할 때 투입할 정예도 있는 셈이었다.

나머지는 수를 이용한 끊임없는 파상 공격으로 승부를 본다면 승산이 없다고는 할 수 없었다.

원래 모모마루가 구오의 정체와 관계없이 전쟁을 막아야 한다고 판단했던 이유에는 그 부분도 작지 않다.

승산은 도쿤에게 있지만 그게 100%는 아닌 것이다.

또 막아낸다 해도 피해가 생기는 것은 어쩔 수 없었다. 마키오가 모은 전력은 결코 장난이 아닌 것이다.

일단 싸우면 이겨도 지는 것이나 다름없다. 또한 혹시라도 지면 그야말로 끝장이다.

'이자는 병법을 아는 자다. 하기야 무술의 고수이고 귀신까지 부릴 수 있는 사람이니 뭘 못하겠나.'

모모마루는 일이 쉽지 않음을 느꼈다.

그래도 포기할 수는 없었다. 모모마루는 계속해서 이모저모로 구오를 설득하려 했다.

그러나 구오는 다른 건 몰라도 영주전만큼은 포기하지 않겠다고 못을 박았다. 만약 동맹을 맺는다고 해도 영수전이 끝난 다음에 하겠다고 했다.

구오의 생각은 간단했다.

모모마루의 말대로 마키오에는 대규모 전투를 지휘한 경험이 있는 사람이 없다.

수백의 싸움이라면 질리도록 해봤지만, 만 명 단위의 전쟁이라니!

이건 개인으로서는 절대 경험할 수 없는 영역이다.

그래서 꼭 이 전투를 수행해야 한다.

이번 영주전이 끝나면 마키오에는 경험있는 만부장과 천부장, 백부장 등이 탄생하는 셈이다.

이겨도, 져도 남는다!

아무리 구오가 현실은 관계없다고 말해도 설마 앞으로 도쿤이 마키오를 먼저 건드리지는 않을 터. 져도 후환이 없으니 이보다 좋은 첫 전쟁 조건은 없었다.

'네놈들한텐 좀 미안하기도 하지만 현피까지 뜨려고 했으니 우리의 연습 상대가 되어준다고 해도 큰 불만은 없겠지? 크크크.'

모모마루를 되돌려 보내며 구오는 속으로 웃었다.

이제 마키오는 뒤를 생각하지 않고 전력을 이번 싸움에 집중할 수 있게 되었고, 그것이 몇 퍼센트나마 승산을 올려줄 수 있는 요인이 되리라고 구오는 생각했다.

그렇게 전쟁은 피할 수 없는 이벤트가 되어 다가왔다.

CHAPTER 03
공성전 (1)

평야가 사람들로 가득 찼다고 하면 조금 과장일까? 어쨌든 2만이란 수는 정말 많아서 눈으로 헤아릴 수 없을 정도였다.

쇼부가 웃으며 말했다.

"진짜 예상보다 이렇게까지 많이 모일 줄은 몰랐는데? 이번 전투를 승리해야 2만이 될 줄 알았는데 싸우기 전에 벌써 넘어버렸으니."

"마지막에 대규모 길드들이 몇 개나 가입을 했으니까요. 다행이에요. 그들은 나름대로 집단전에 익숙하니 상당한 전력이 될 거예요."

"그러게. 정말 반 도쿤 연합군과 도쿤의 싸움이 된 거야. 하하하."

당삼이 진지한 얼굴로 말했다.

"웃고만 있을 때가 아니다. 빨리 전쟁을 치르고 사람들을 해산시키던가, 아니면 세금을 걷어야 할 판이니까."

예산 걱정은 언제나 쇼부가 했는데, 이번엔 당삼이 했다. 상큼청춘이 의외라는 얼굴로 끼어들었다.

"그렇게 돈이 많이 들어가요?"

"딱 일주일이면 우린 완전 파산일걸? 사실 지금도 다른 길드의 지원이 있어서 겨우 버티고 있는 셈이니까."

"쩝. 일주일이고 뭐고, 이번 전투 끝나면 바로 해산해요."

"점령지 재정비는 안 하고?"

"재정비하다가 파산당한 길드가 되고 싶지는 않아요."

"하하하, 그렇게 하자. 일단 성을 먹으면 한 달간은 우리 거니까 특별히 사람이 없어도 어떻게든 되겠지."

다들 승리를 확신하는 말투였다. 지금은 그래도 좋다. 필승의 신념이 없으면 싸울 때 힘이 안 나니까.

"그럼 다들 위치로 가세요. 곧 시작입니다."

"그래. 무슨 일이 있어도 당황하지 말고. 싸우는 것보다 부대 정비를 잘하는 게 중요하다는 걸 잊지 맙시다."

마지막으로 마음의 정리를 하고 사람들은 제각기 자신이

지휘할 부대로 갔다. 그 뒤로는 귓말로 이것저것 잡담을 하며 심장의 박동수를 조절할 뿐이었다.

드디어 영주전의 아침 해가 떴다.

평소와는 다르게 태양의 중간중간에 보라색의 점이 보였고, 그 때문인지 햇빛에도 보랏빛이 조금씩 섞여 있었다.

> 띠리링, 영주전 기간이 되었습니다. 전쟁의 신의 주도로 각 성의 공성 필드는 바이올렛 스피어에 속하게 됩니다. 바이올렛 스피어에 있는 모든 유저와 엔피씨는 준카오스 상태가 되니, 싸움을 원하지 않는 분들은 안전한 인근 마을로 이동하시기 바랍니다.

"시작이군."

구오는 천천히 걸어서 앞으로 나갔다. 2만 명의 길드원이 그를 주시했다.

구오는 말에 탄 채 천천히 자신의 검을 뽑아 하늘 높이 치켜들며 외쳤다.

"전원 진격합니다!"

> 띠링, 마키오의 영주가 채롯 성채에 대해 영주전을 선포하고 동시에 대장 출현 이벤트를 시행했습니다. 마키오에 소속된 모든 길드원들의 공격력과 사기가 증가합니다.

와아아아아아ー

구오는 시작과 동시에 대장 출현을 가동시켰다. 2만 명이나 되는 길드원들의 머리 위로 약한 섬광이 반짝하고 빛났다가 사라졌다. 길드원들은 올라간 능력치를 확인하고 함성을 질렀다.

"오, 이거 좋은데?"

"이게 말로만 듣던 대장 효과군."

"이렇게 좋은 걸 왜 우리 길드는 여태까지 안 썼지?"

"좋긴, 이러다가 저 대장이 죽으면 우린 그냥 망하는 거야."

"카카카, 그런 거야?"

특히 이번에 가입한 타 길드의 길드원들은 갑자기 올라간 스탯에 매우 만족해했다. 예로부터 대부분의 유저가 강화 마법 한 개에 목숨을 거는 습관이 있었는데, 대장 출현에 의한 강화는 공짜나 다름없는 추가 강화이니 기분을 좋을 수밖에 없었다.

둥둥둥ー

정식으로 진격의 북소리가 울리니 다들 미리 계획한 대로 이동을 시작했다.

각 백인대는 100명이 10열 종대로 서서 정사각형 모양의 방백진을 유지한 채 자신이 맡은 구역으로 향했다.

수가 2만이라 백인대가 2백 개이니 한 번 무리에서 낙오라도 하는 날에는 다시 자기 부대를 찾기가 쉽지 않다.

또한 대부분의 일반 병사들은 어디로 가는지도 모르고 그저 앞에 있는 깃발만 보고 걸었다.

시간이 많은 것은 아니지만 없는 것도 아니었다. 어쨌든 간에 성벽을 깨부수고 안으로 진입을 하는 게 중요했다.

[구오야, 넌 이번엔 가만히 있을 거지?]

상큼청춘의 귓말이 들어왔다.

아무래도 그녀는 구오가 혹시 저번처럼 진격을 할지 우려하는 모양이었다. 그러면서도 한편으로는 기사로 쓸 수 있게 했으면 하는 묘한 바람도 느껴졌다.

구오는 웃으면서 대답했다.

[안 해요. 지금 제가 움직이면 그거야말로 민폐잖아요. 하하하.]

[응, 그렇지. 그냥 확인해 봤어.]

안심과 아쉬움이 복합적으로 뒤섞인 말투였다. 조금 있으니 쇼부한테도 귓말이 왔다.

[호오, 구오 너 철들었구나. 상큼 양이 그러는데 나가면 민폐라는 것도 안다며? 말뿐이라도 훌륭하다.]

[쇼부 형, 이번엔 진짜 안 나가요. 저는 여기서 깃발만 들고 서 있을 테니 형이 알아서 진행하세요.]

[하하하하하하, 알았다.]

구오가 재차 다짐을 하자 쇼부도 약간은 마음이 놓인 듯했다. 수십 수백이 아닌 만 단위의 싸움에 대장이 선두 지휘를 한다는 것은 있을 수 없는 일인데, 개념없이 구오가 나설까 봐 살짝 걱정을 한 모양이었다.

"오라버니는 정말 안 나가세요?"

옆에서 나싱도 물었다. 그동안 생활을 같이하면서 구오의 성격을 잘 아는 나싱이기에 묻지 않을 수 없었다.

"아, 그렇지, 나싱 너는 나가서 싸워. 난 이번엔 여기 그냥 있을게."

"우웅, 그냥 오라버니하고 있을게요."

"그러던가. 하하하."

웃고 즐기는 사이 선두는 이미 채롯 성채에 닿았다.

방어 무기들이 작동하여 성벽 위에서 화살이 스프링쿨러의 물처럼 쏟아져 내렸다.

성벽에 난 구멍 사이로도 강한 철화살이 마력을 품고 날아왔는데, 유저들이 스킬로 쏘는 화살이라 대미지를 무시할 수 없었다.

"마법사, 원호해 줘."

"계속 밀어요."

"성벽을 뽀개!"

"유격대는 밧줄을 타고 성벽을 기어오르세요!"

모두들 필사적이었다. 그러나 멀리서 보는 구오의 눈에는 형형색색의 무늬가 땅과 성채의 일부를 뒤덮고 알록달록하게 움직이는 걸로만 보였다.

"시작했네."

구오는 관전에 집중했다.

마키오의 전술은 기본적으로 서쪽 성채에 공격력을 집중하는 것이다. 성문을 부수는 조는 그다음으로 강했다.

동쪽과 남쪽의 경우는 형식적이진 않지만 그다지 강하게 압박하지 않았다. 북쪽은 아예 비웠다.

기교고 뭐고 없다. 힘으로 밀어야 한다. 서쪽 성벽을 점령하고, 성문을 여는데 1만 명이 죽어도 좋다고 미리 결정한 것이다.

중요한 것은 절대로 물러나지 않아야 한다.

"젠장, 역시 도쿤이 잘하는군."

구오는 자신도 모르게 입에서 욕이 튀어나왔다.

이렇게 다수가 공격을 하는데 성벽 위의 수비병들은 전혀 당황하지 않고 효율적으로 방어를 수행하고 있었다.

그들은 꼭 지키겠다는 의지보다는 할 만큼 하면 성벽을 내주어도 된다는 듯한 움직임이었다. 서두르지 않고 지휘관의 호령에 맞추어 하나씩 하나씩 처리한다.

그것이 오히려 그들의 방어력을 철벽으로 만들고 있었다.

"마을하고는 전혀 다르네요. 전 공성전은 생각해 본 적도 없어요."

"그러게. 성채 도시 성채 도시 하기에 얼마나 대단한가 했는데, 정말 대단하다."

이미 마키오의 희생자 수는 천을 넘었다. 그런데도 성벽 위로 올라가 본 사람은 없었다.

구오는 깃발을 든 손에 힘이 들어가는 것을 느꼈다. 앞으로 뛰어나가고 싶었다.

'참자. 내가 저기 섞인다고 달라지는 것은 없다.'

대장은 거대한 대장의 깃발을 세운 채 꿋꿋하게 서 있는 것만으로도 충분히 밥값을 하는 거다. 원래는 눈에 드러나지 않게 숨어 있기만 해도 된다.

'여기는 인내다. 성은 곧 뚫린다. 인해전술만큼 확실한 방법도 없으니까.'

싸우고 싶을 때 참는 것도 싸움이다. 그리고 진짜 싸움은 성이 뚫린 다음이다.

성을 뚫기 위해 희생된 사람 수가 너무 많다면, 안에 들어가서도 전력이 달려 오히려 이쪽이 전멸할 수 있다. 하지만 그런 걸 생각해서 공격을 느슨하게 한다면 성벽을 깰 수도 없다.

공성 시간 내내 전력을 다할 수 있다면 얼마나 좋을까. 하지만 사람의 인내력과 정신력에는 한계가 있다. 그걸 잘 배분해서 결정적일 때 최고의 파괴력을 발휘할 수 있도록 하는 것이 지휘부의 능력이었다.

"그런데 오라버니."

한참 생각을 하고 있는데 나싱이 말을 걸어왔다.

"응?"

"대장이란 게 알고 보면 참 심심한 거네요."

"하하하. 그렇지, 뭐."

"다음부터는 대장 출현 이벤트하지 말고 그냥 오라버니가 앞에서 싸우는 게 좋겠어요. 헤헤헤."

진짜 그러라는 소리는 아닐 터이다. 반대로 구오가 그러려고 하면 말릴 나싱이다.

나싱은 구오가 심심해하는 듯하자 일부러 잡담을 하려고 했다.

구오도 그런 나싱의 눈치를 알기에 미소로 대답했다.

"후후후, 그럴까?"

하기야, 원래 구오가 원한 것은 이런 게 아니다.

앞에서 진두지휘를 하며 드래곤도 때려잡고 아무도 들어가 보지 못한 미궁도 탐험을 하고… 게임 속에서도 이상과 현실은 달랐다.

오히려 게임 속이 현실보다 냉혹하게 사람을 압박하는 부분도 있었다. 왜냐하면 이곳은 검과 마법이 살아 숨쉬고, 법보다는 무력으로 일이 결정되는 사회이기 때문이다.

"쩝. 그러고 보니 이렇게 유저들하고 싸우려고 게임을 한 것은 아닌데 말이야."

"정말요? 저는 오라버니가 워낙 고수라서 싸움으로 입신양명하시려는 줄 알았어요."

"그것도 맞긴 한데, 생각해 보니 내가 꿈을 좀 막연하게 꾼 거야. 어쨌든 싸우기만 하니까 이제는 조용히 모험도 좀 해보고 싶네. 하하하."

"그러게요."

…….

…….

잡담을 하는 사이 일선에선 사람들이 죽어나간다.

아무리 피를 흘리지 않고 뼈도 부러지지 않지만, 같이 싸우던 동료들이 회색으로 변해가는 모습을 보면 분노로 눈이 뒤집힌다. 그만큼 몰입하게 되는 것이다.

"다 죽여 버려!"

"으하하하. 이 새끼들! 얼마든지 올라와 봐라."

"화살을 쏴! 왜 엄호를 안 하는 거야!"

"아아아아악!"

욕과 비명이 사방에서 난무한다.

처절함. 필사적인 발악.

모든 것이 현실과는 다르지만 어떤 면에서는 현실처럼 존재했다.

가상공간에서의 전쟁을 경험함으로써 현실에서 평화주의자가 된다는 심리학자의 의견이 어느 정도는 납득이 간다.

"흠."

구오는 상황을 지켜보다 나직하게 한숨을 내쉬었다. 아무래도 조금 모자라다, 정밀기계보다 더욱 민감한 그의 감각이 그렇게 속삭였다.

지금은 잘 모르지만 이렇게 조금씩 모자람이 있으면 나중엔 그게 눈에 띌 정도로 차이가 나버린다.

그렇게 되면 늦는다. 가능하면 오차가 눈에 안 보이는 상황에서 어떻게든 하는 게 좋다.

구오는 잠시 상황을 보다가 당삼에게 귓말을 보냈다.

[형, 제가 성문 앞쪽까지 이동할게요.]

[뭐? 위험해!]

당삼은 가만히 있겠다던 놈이 싸움 시작한 지 얼마나 됐다고 그러냐고 화를 냈다.

[지금 네 응석을 받아줄 여유 따윈 없어! 그러니 그냥 못 박은 듯이 서 있으라고.]

[직접 싸우겠다는 건 아니고, 위치를 좀 바꾸려고요. 그러면 조금은 더 도움이 될 것 같아요.]

[그러다 죽으면 끝이라니까!]

[안 죽어요. 하하하.]

[으, 못 말릴 놈.]

당삼이 기가 막혀 귓말을 끊자 구오는 사람들에게 지시하여 크게 북을 치도록 하고 본대 지휘부 전체를 성문 앞까지 전진하도록 했다.

둥둥둥둥─

북이 울릴 때마다 지휘부가 앞으로 걸었다. 구오가 가장 앞에서 커다란 대장의 깃발을 든 채로 움직였다.

사람들의 시선이 힐끗힐끗 구오에게로 향했다. 그러나 마키오 측은 지휘자들의 독려를 받고 다시 고개를 돌려 성벽 공략에 몰두했다.

마키오의 길드원들은 구오가 자신들의 등 뒤에 있기 때문에 돌아볼 여유 없이 공격을 계속하자, 곧 구오의 존재를 의식하지 않게 되었다.

그러나 성벽 위에서 지키고 있는 도쿤 쪽 사람들은 다르다. 그들은 굳이 고개를 돌리지 않아도 살짝 눈동자만 움직이면 구오가 보인다.

적의 대장이 성문 바로 앞까지 나와 있다. 그것도 이론상의 대장이 아니라 대장 출현 이벤트를 발동시킨 진짜 시스템상 대장이었다.

당당하게 대장의 깃발을 들고 버티고 서 있는 모습이 너희들은 곧 함락될 것이라고 주장하는 것 같았다.

"크큭, 우리가 애들도 아니고 그런 심리적 압박에 흔들릴까."

모모마루는 구오의 도발을 비웃었다.

역격을 할까도 생각해 봤지만 그럴 필요는 없었다.

성벽으로 적의 병력을 최대한 손실시킨 후, 나중에 성안으로 들어온 자들을 각개격파하는 것이 작전인만큼 구오의 움직임에 신경을 쓰지 않고 처음 작전대로 진행하면 된다고 판단했다.

그러나 참모들 중에는 역격의 기회라고 판단한 자도 있었다.

"모모마루님, 지금 기마대를 내보내면 충분히 저놈들을 쓸어버릴 수 있습니다. 출격을 허락해 주십시오."

"기다린다. 기마대는 지금이 아닌 나중에 쓸 데가 있다."

잡으면 좋지만 잡지 못하면 기마대만 날린다. 또한 출격을 하려면 성문을 열어야 하는데 지금은 그게 힘들다.

또 한 참모가 나서서 말했다.

"마법 병단하고 궁수단을 최대한 집결시켜서 일제 공격을 하면 피할 틈새도 없이 죽을 겁니다. 시도해 볼 가치는 있지 않겠습니까?"

"으음."

이번에는 모모마루도 바로 기각을 시키지 않고 잠시 고민했다.

어떻게 보면 구오가 선 자리는 공격하기도 애매하고 가만히 놔두기도 애매한 자리다.

딱 한 걸음만 더 나와도 결심을 하기가 한결 수월할 터인데, 어떻게 보면 절묘하게 경계선에 서 있는 구오의 모습이 얄밉게도 느껴진다.

하지만 반대로 구오 측에서도 성문 바로 앞에 서 있으면 전체가 보이지 않아 필요할 때에 지시를 내리기 힘들다.

저놈이 왜 저기 서 있을까? 도발이 통할 거라 믿는 것일까?

"어떻게 할까요?"

참모가 재촉을 한다.

장거리 격수들을 모으려면 빨리 명령을 내려야 한다. 모으는 사이 구오가 다른 곳으로 이동해 버리면 허탈할 것이다.

성문 앞까지 온 적의 대장을 그냥 놔둔다면 확실히 아군의 눈에 거슬릴 것이고, 도쿤의 체면도 서지 않는다.

모모마루는 결단을 내렸다.

"좋다. 대기하고 있던 장거리 격수들을 성문 뒤로 모아라.

적이 낌새를 채지 못하도록 특별히 신경 써야 한다."

"옛."

장거리 공격에 의한 요격. 실패해도 잃는 것은 없다. 그게 이번 작전의 실행 이유 중 하나다.

곧 안쪽에서 대기하고 있던 자들 중 장거리 공격이 가능한 자들 모두가 구오가 있는 성문 반대편에 집결했다.

그들은 구오에게 움직임을 읽히지 않으려고 아주 조심했다. 이것만 성공하면 전쟁은 어이없이 쉽게 끝나는 것이다.

또한 구오의 명성은 하염없이 추락해 웃음거리로 전락할 가능성이 크다.

"한 방으로 끝낸다. 저놈에게 대장 출현 이벤트가 왜 위험한지 이번에 확실히 가르쳐 주자."

임시 요격 부대장으로 임명된 파브가 날카로운 눈빛으로 부대원들에게 말했다.

이 정도 인원이라면 아무리 생명력이 높아도 소용없다. 열 명의 구오라도 한 방이라고 그는 생각했다.

*　　　　*　　　　*

구오는 여전히 버티고 서서 나싱과 잡담을 나누고 있었다. 갑자기 전진을 할 때에는 비장한 분위기가 흘렀는데, 일단 자리를 잡으니 다시 여유가 넘쳤다.

하지만 구오는 여유는 가지되 방심하지는 않았다. 어느 순간 구오는 성문 위쪽을 보며 중얼거렸다.

"흠, 슬슬 시작하려나 보네."

"예?"

"저놈들 눈치가 우릴 요격하려는 것 같아서."

"아, 정말요?"

나싱은 그런 낌새를 전혀 느끼지 못했다. 놀란 눈으로 구오가 보는 성문 위쪽을 보았지만 역시 뭐가 뭔지 알 수가 없었다.

구오는 손가락으로 몇몇 놈들을 가리키며 설명했다.

"응. 싸우는 놈들 중에서 성문 뒤쪽을 보는 놈들이 좀 있어. 아마 장거리 격수들이 집결했나 봐."

"아, 오라버니는 그런 걸 정말 잘 보시네요."

"싸움터에서야 대충 숨쉬는 소리만 들어도 적이 뭐를 하려는지 알게 되어 있거든. 난 일대일의 대결을 위한 훈련만 받은 게 아니라고."

말을 하면서 구오는 쓸쓸한 미소를 지었다.

이렇게 사람들이 많으면 성벽 뒤쪽에서 무슨 일이 일어나는지 눈치채는 건 아무것도 아니다.

과거 심안 훈련을 할 때에는 벽돌로 담을 세워놓고 담 너머에서 상대가 공격해 오면 그걸 피하는 훈련을 했다.

소리도 없고, 움직임의 기척도 느껴지지 않는다.

사부는 사이에서 양쪽을 보고 있다가 저쪽에서 주먹질을 했는데 구오가 멍 하니 서 있으면 체크를 했다.

매일 100번 공격을 해서 피하지 못한 수만큼 나중에 사부가 손을 썼다. 구오가 수련을 하면서 가장 이를 갈았던 게 바로 이 심안 수련이었다.

"그럼 어떻게 해요?"

구오의 말이라면 무조건 믿는 나싱이 물었다.

"응, 이동을 해야지. 하하하."

구오는 바로 명령을 내려 싸움이 그나마 덜 치열한 동쪽 성벽으로 향했다. 딱 도쿤 쪽에서 구오 요격대가 성벽 위로 올라오려 할 때였다.

북을 요란하게 치며 지휘부가 이동을 하니 다시 사람들의 관심이 집중되었다. 대부분 도쿤 쪽의 관심이었다.

공격하는 쪽은 등 뒤에서 무슨 일이 일어나는 것보다는 머리 위에서 떨어지는 공격 스킬이나 방어 무기들에 더 관심을 가졌다.

*   *   *

"저, 저, 저……."

도쿤의 참모 한 사람이 기막힌 표정으로 손가락을 뻗었다. 마치 보고 피하기라도 하듯 구오의 지휘부가 이동을 해버렸다.

"눈치챘군요. 흠."

다른 참모는 평정을 유지하고 있다는 인상을 남기려 애쓴 목소리로 중얼거렸다.

요격 부대의 선두들이 짜증을 내는 모습이 보였다. 성벽 위로 이어진 계단을 올라가다가 그냥 다시 내려오는 게 꼭 기합을 받는 신병과 같았다.

모모마루는 아무 말 없이 손으로 턱을 쓰다듬었다.

'눈치챈 정도가 아니다. 이건 보고 피한 거라고 봐야 한다. 그렇다면?'

'첩자!'

도쿤의 성채 내에 마키오의 첩자가 있다가 성벽 내부의 움직임을 귓말로 전해준 것이 틀림없다.

"으음, 하기야 작정하고 왔다면 미리 첩자 정도는 심어놨겠지."

"첩자란 말입니까?"

"과연."

그때야 참모들도 아군에 첩자가 있을 수 있다는 사실을 깨달은 듯 고개를 끄덕였다.

확실히 이쪽의 인원은 약 6천 명, 이들 모두가 도쿤에 절대 충성하고 있다고는 장담하기 어려웠다. 마키오 쪽에도 상당수의 도쿤 첩자가 활동하고 있지 않은가.

"그렇다면 성 내부의 방어 태세도 어느 정도는 알고 있겠군요."

"그렇다고 봐야겠지. 보안 유지를 안 한 것은 대부분 알고 있을 것이다."

"으음."

첩자의 지위에 따라 보안 유지를 한 것도 알 가능성이 있다.

첩자가 있을 수 있다는 이런 간단한 생각을 왜 못한 것일까?

'자만했다. 우린 너무 이기기만 했던 거야. 첩자도 이쪽에서 보내는 것만 생각했지, 저쪽에서 보내는 걸 막을 생각은 못했다.'

설마 마키오 측에서 첩자를 심을 수 있는 여력과 실력이 있으리라고는 전에는 미처 생각지 못했다.

왜냐하면 도쿤의 소속 유저들은 길거리에서 구인광고 피켓을 들고 외쳐 가며 모은 게 아니라, 엄격한 심사를 거쳐 오랜 기간 신뢰와 실력을 검증받아 가며 올라가는 시스템이라

스파이를 심으려 해도 상당한 기간이 필요하기 때문이다.

그런 만큼 얼마 전까지 듣보잡(듣도 보도 못한 잡놈)이나 마찬가지였던 마키오가 도쿤에 스파이를 심었을 가능성은 그다지 많지 않았다.

하지만 구오가 애초부터 도쿤을 목표로 삼고 있는 특수 파괴 공작원이라면 당연히 도쿤 내에도 고정 첩자가 있을 수 있다. 그것도 상당히 용의주도한, 프로 중의 프로 스파이일 것이다.

'어디까지 정보가 샜을까?'

모모마루는 잠시 고민을 하다가 지시를 내렸다.

"적은 서쪽에 공격을 집중시키고 있다. 그렇다는 것은 서쪽에 첩자가 있다는 소리이기 쉽다."

"옳은 판단이십니다."

참모들도 모두 동의했다.

지금 서쪽은 한참 치열하게 공방전이 일어나고 있는데, 워낙에 마키오가 물량공세로 밀기 때문에 30분 내로 성벽이 뚫릴 것 같았다.

원래는 그래도 상관이 없다. 성채 도시라는 칭호가 괜히 붙은 게 아니다.

채롯의 성벽은 2중으로, 첫 번째 성벽이 뚫려도 두 번째 성벽에서 다시 방어전을 펼칠 수 있다.

즉, 외벽과 내벽, 이렇게 두 개의 성벽이 존재하는 것이다.

외벽과 내벽 사이에는 수많은 함정과 미로로 된 벽이 설치되어 있기 때문에 어떻게 생각하면 외벽보다 내벽이 더 지키기 쉽다고도 볼 수 있었다.

하지만 만약 내부에 어느 정도 지위를 지닌 자가 내통을 한다면, 그건 문제다.

적들은 미로와 함정에 속지 않고 곧바로 길을 찾아 공격을 감행할 터이니 이쪽이 방어 태세를 완전히 갖추기 전에 싸움이 시작될 가능성이 크다.

"만약을 대비해서 예비 병력을 서쪽 내벽에 배치하는 게 좋겠습니다."

"음, 좋다. 그렇게 한다."

모모마루는 참모의 의견을 받아들여 안쪽의 모든 병력을 서쪽내벽에 배치시켰다.

그렇게 하면 외벽 방어군에 내통한 자가 있다고 해도 큰 문제는 되지 않는다.

어차피 승부가 서쪽 벽에서 난다면 정공법으로도 이게 맞기에 모모마루는 크게 고민도 하지 않았다.

*   *   *

구오는 도쿤이 더 이상 자신을 노리지 않는다는 것을 직감적으로 알아차렸다. 한두 번은 우연인가 하고 다시 노릴 만도 한데, 상대는 결단이 빠른 성격인가 보다.

"그런데 오라버니, 왜 이쪽으로 오신 거예요?"

나싱이 살짝 물어봤다. 구오는 아직 아무에게도 왜 지휘부를 앞으로 이동시키고, 다시 동쪽 성벽 쪽으로 옮겼는지 설명하지 않았다.

"응, 별건 아니고 가만히 있기 심심해서 상대편을 좀 흔들어보려고."

"예?"

"난 성벽 뒤의 움직임을 보지 않아도 어느 정도는 알 수 있잖아. 나에 대한 살기라면 훨씬 정확하게 느끼고 말이야."

"예."

"그런데 도쿤 놈들은 내가 그렇다는 걸 모르니까 말이야. 내가 저쪽 움직임에 맞춰 이리저리 움직이면 어떻게 생각을 하겠어?"

"예? 아, 누군가 보고 알려줬다고……."

"그렇지. 크크크. 꼭 그렇게 생각해 주지 않아도 내가 얼쩡대면 성벽에서 방어하는 놈들이 신경을 쓸 수밖에 없잖아. 다 심리전인 거야."

"헤헤헤. 오라버니가 그렇게 세밀한 사람인지는 몰랐어요."

"싸울 때는 세밀해야 하거든. 과감한 것 같으면서도 정밀해야 살아남을 수 있다고."

작은 것이 쌓여서 큰 것을 이룬다.

승부는 싸우기 전에 난다.

일격필살의 기술은 이미 사실상 승부가 나서 상대가 방어할 수 없을 때 쓰는 요식행위나 다름없다.

이런 점을 구오는 잘 안다. 그렇기에 성벽이 뚫리기 전에 할 수 있는 일은 하기로 했다.

[당삼 형, 과비크 사람들을 지휘부로 좀 보내줘요.]

[뭐? 야, 갸들은 성벽이 뚫림과 동시에 돌진하려고 대기 타는 중이라고.]

[그렇게 일찍 들어갈 필요는 없을 것 같아요. 모난 돌이 정 맞는다고, 정예는 정예답게 써야죠.]

[음, 알았다. 네가 생각이 있는 듯하니 일단 다른 부대로 대체를 하마.]

원래 과비크의 용병들은 서쪽 성벽이 확보되면 내벽까지 밀어붙일 때 투입되기로 되어 있었다.

가장 위험하고 힘든 일이지만 이때 잘 밀어야 내벽을 조금이라도 쉽게 먹을 수 있기에 최고 정예를 투입하기로 한 것이다.

그런데 구오가 그걸 제멋대로 변경을 하니 당심은 곤란했다. 그러나 구오를 믿는 당삼은 대기하던 과비크 용병들을 빼내고, 급히 다른 부대를 조직했다.

과비크의 용병들은 기존 작전과는 다른 명령을 받았지만 아무 말 없이 이동을 하여 구오에게로 왔다.

구오는 그들이 뒤쪽에 정렬하자 부대장인 우쿠타에게 귓말을 보냈다.

[서쪽이 함락된 후, 시간이 걸려도 동쪽 역시 함락될 것입니다. 그때 과비크 분들은 저와 함께 동쪽 내벽을 공략해 주시기를 부탁드립니다.]

[명령에 따르겠습니다.]

구오는 다시 나싱에게 귓말을 보냈다.

[나싱, 이대로 있으면 심심하니까 동쪽 내성 공략에 참가하자.]

[예? 그건 위험하잖아요.]

[괜찮아. 안 죽으며 돼. 하하하.]

[저야, 오라버니가 가시면 같이 가야죠.]

하기야 구오가 가는데 나싱이 가지 않을 리는 없다.

그들은 조용히 때를 기다렸다.

얼마 후, 드디어 서쪽 성벽이 마키오에 의해 장악되었다. 성벽 위에 있던 도쿤 사람들은 서둘러 내벽으로 이동을 했고, 마키오의 정예병들은 그런 그들을 바짝 붙어서 추격해 들어갔다.

하지만 역시 각종 함정과 지리적인 문제, 그리고 이미 내벽
에 진을 치고 기다리고 있던 추가 병력에 의해 쉽게 전진을
못하고 막혔다.

[젠장, 생각보다 안쪽에 있는 놈들이 강해.]

당삼이 투덜대듯 구오에게 보고를 했다. 희생자가 속출하
는 모양이었다.

[시간이 빠듯하겠는걸. 내벽을 뚫는 게 외벽보다 힘들다면
공성이 실패할 수 있어.]

쇼부도 냉정하게 자신의 의견을 말했다. 이제 그들도 공략
이 좀 느리게 진행되고 있다는 사실을 깨달았다.

그러는 사이에도 유저들은 필사적으로 싸웠다.

그들은 자신이 할 수 있는 스킬과 아이템을 모두 동원해서
적을 쳤다. 하지만 지휘부는 그런 개개인을 보기보다는 세력
대 세력의 움직임으로만 전황을 살펴야 했다.

"어떻게 하죠? 서쪽이 생각보다 힘들다네요."

나싱도 피앙 공주한테 귓말을 받은 듯 걱정스러운 얼굴로
물었다.

"그 정도는 예상한 거니까. 고생을 해도 결국은 뚫을 수 있
어."

구오는 태연하게 말했다.

당삼이 말했듯이 생각보다 저항이 세다는 것은 반대로 얘기하면 저항이 셀 줄은 예상하고 있었다는 소리다.

"서쪽 벽보다 이쪽에 집중하자. 여기도 곧 뚫릴 거야."

구오의 시선은 앞쪽의 동쪽 성벽에서 잠시도 떨어지지 않았다. 서쪽이 넘어갔다는 말에 아군의 사기가 올랐는지, 아니면 경쟁 심리인지 동쪽의 공략도 점점 빨라지는 중이었다.

특히 동쪽을 공략하는 사람들은 어차피 주력이 서쪽이라 자신들은 부담이 없다고 생각하는 사람들이 대부분이었기에 한 번 밀어붙이기 시작하자 정말 몸을 아끼지 않았다.

성벽을 점거하는 것만으로도 밥값은 하는 거다. 그러니 그 뒤에 밀어붙일 여력 따위는 필요없다.

그것이 사람들의 공통적인 기분이었다.

"잘되어가고 있군."

구오는 입가에 미소를 지었다. 서쪽은 여전히 어렵지만 이쪽이라도 잘되니까 좋다고 판단했다.

드디어 한쪽 지점에 마키오의 유저들이 자리를 잡았다. 이제는 성벽을 기어오르며 싸우는 게 아니라 성벽 위에서 싸우는 상태가 되었다.

구오는 깃발을 높이 치켜들며 외쳤다.

"이때다. 모두 진격하여 적을 섬멸한다!"

말이 끝나자마자 대장의 깃발을 옆에 있는 참모에게 넘긴 구오는 검을 뽑아 든 채 앞으로 달려나갔다.

나싱이 그 뒤를 따르고, 미리 준비하고 있던 과비크의 용병들도 구오와 함께 돌격을 했다.

미리 설명을 제대로 듣지 못한 지휘부의 다른 참모들과 호위병들은 이게 뭔 상황이야 하는 표정으로 서로를 보다가 서둘러 구오를 쫓았다.

[야, 인마. 안 움직인다고 했잖아!]

[구오야, 멈춰! 위험하다니까!]

바로 당삼과 쇼부 두 사람에게서 귓말이 날아왔다. 하지만 구오는 그저 웃음으로 답했다.

[하하하하. 생각보다 안 위험해요.]

일반 사람이 생각하는 위험 구역과 구오가 보는 위험 구역은 조금 달랐다. 구오는 자신이 아직 안전한 곳에 있다고 판단했다.

물론 여기서 한 걸음만 빗나가도 위험하기 짝이 없는 상황이 연출되겠지만, 고수는 절벽 끝에서도 전혀 동요하지 않고 한 발로 서서 학의 자세를 취할 수 있는 법.

안전과 위험의 경계선이라고 해도 안전한 것은 안전한 것이다.

"엇, 적 대장이 직접 온다!"

성벽 위에서 누군가가 외치는 소리가 들렸다. 사람들의 시선이 모두 구오에게 집중되었다.

구오는 아군이 확보한 안전 경로를 따라 아군의 영역이 되어 있는 성벽 쪽으로 기어올라 갔다. 그리고는 주변을 한 번 둘러보아 상황을 살폈다.

"훗, 내벽 방비가 생각보다 덜 되어 있군."

당연하다. 양쪽의 내벽을 모두 철저하게 막을 만큼 병력이 충분했다면 방어는커녕 역격을 했을 것이다.

조금만 더 위험 수위를 높이자. 구오는 강가에서 노는 아이의 심정으로 속으로 그렇게 중얼거렸다.

"가자!"

구오는 외벽이 아직 완전히 정리가 되지 않은 상황에서 바로 내벽 쪽으로 향했다. 이럴 경우 뒤쪽에 남아 있는 적에게 둘러싸여 극히 위험해질 수도 있다.

대장이! 협공의 위험을 무릅쓰고 선두 돌진을 한 것이다.

[야, 인마. 너 미쳤어?]

쇼부가 다시 버럭 화를 냈다. 참모 중 누군가가 급히 보고를 한 모양이었다.

[안 죽을게요. 하하하.]

구오는 이번에도 상큼하게 웃어넘기고 무시했다. 당삼은 포기했는지 아예 귓말도 안 했다.

"이놈, 이 미친 놈! 잘 왔다!"

누군가가 앞을 막아서며 외쳤다. 장비가 제법 **빵빵**한 게 소대장 급은 되어 보였다.

구오는 문답무용으로 칼부터 휘둘렀다. 카캉 하는 소리와 함께 상대의 갑옷에서 불똥이 튀었다.

"크윽, 평타가 제법 세구나. 하지만 내 방어력도, 컥!"

슈슉, 파칵—

헛소리를 하던 상대가 숨 막힌 신음 소리를 내며 쓰러졌다.

구오의 뒤에서 나타난 나싱의 칼날이 정확하게 그의 쇄골 부분을 내리찍은 것이다.

"역시 난전 중에는 이인 일조가 좋아. 하하하."

구오는 웃으면서 앞을 막아서는 자들에게 평타를 먹여 자세를 흐트러뜨렸다.

강력한 기세와 더불어 화려하게 공격을 가해 상대를 놀라게 하지만 맞고 보면 방어구 탓에 대미지는 별로 안 들어온다.

카캉—

불똥이 튀며 움찔했던 상대는 순간적으로 긴장을 했다가 곧 안심을 하게 되면서 구오를 얕보는 마음이 생긴다.

솔직히 구오의 공격력은 그저 그런 수준으로 유니크 검이 아니었으면 정말 허접했을 것이다. 2만 명의 부대를 이끄는 정점에 달한 사람의 공격력이라고는 믿기 어려운 정도였다.

그런데 구오가 문제가 아니라 그 뒤에 있던 나싱이 기세를 죽인 채 필살기를 날리니 이건 정말 대응하기 어렵다.

나싱은 구오와 같이 움직일 경우 강력한 방패를 지니고 있는 것이나 같기 때문에 상대적으로 공격 능력을 최대한 살릴 수 있었다.

심지어는 기습 효과마저 나타나기 때문에 치명타도 잘 터졌다.

둘의 돌파력은 경이로울 정도였다. 난다 긴다 하는 꽈비크의 용병들이 제대로 따라잡지 못할 정도였다.

내벽 위에서 적의 지휘관이 외쳤다.

"죽으러 온 놈이다. 놓치지 마!"

구오가 피식 웃었다.

"잡지도 못했으면서 놓치지 말라는 게 말이 되나?"

그래도 명령이 떨어지면 밑에서는 행동으로 옮긴다.

구오가 사방을 살피니 동쪽 벽에 남아 있던 자들 중 대부분이 수비를 포기하고 후퇴 겸 구오의 퇴로를 막으려고 이동하고 있었다.

동시에 내벽 위에 있던 사람들 중 강해 보이는 몇몇이 나와 구오 쪽으로 접근했다.

"후후훗. 생각대로군. 역시 내 몸은 최고의 미끼라니까."

대접전에서는 이런 짓을 하면 안 된다. 서쪽 벽에서 이러면 큰일이 나고 욕을 있는 대로 먹었을 터였다.

그러나 동쪽 벽이라면 상대적으로 소규모다.

구오는 자신이 컨트롤할 수 있는 전장을 찾아 이곳에 온 것이다. 본인과 호위병들의 전투력을 그냥 놀릴 마음이 없었다.

구오가 보기에 이번 전투는 승산이 그다지 크지 않았다. 초반 상황을 보고 그런 느낌을 더욱 강하게 받았다.

그런 만큼 가능한 한 쓸 수 있는 힘을 다 써야 이길 수 있다. 반대로 도쿤 쪽에서 전력을 쓸 수 없도록 해야 한다.

승리를 하려면 아군도 아군이지만, 적을 움직일 줄 알아야 한다. 적을 움직인다는 것은 곧 적을 흔든다는 뜻이다.

그것이 구오가 배우고 깨닫고 실천하는 일종의 병법의 기본이었다.

상황은 난전이 되었다.

구오도 더 이상 전진을 하지 않고 살짝 옆으로 틀었다. 벽과 벽 사이가 미로로 되어 있는 만큼 빠질 구석은 얼마든지 있었다.

과비크의 용병들이 뒤를 바치고, 구오가 전진을 멈추니 위험이 턱 앞까지 다가왔지만 그 이상은 접근을 하지 못했다.

결과적으로 동쪽 성벽을 완전히 장악할 시간을 절약하고, 내벽의 공격도 손쉽게 되었다.

동시에 구오를 노리고 왔던 자들이 오히려 하나씩 각개격파당하는 사태가 벌어졌다.

혼란이 극에 달했을 때, 구오는 소리 높여 외쳤다.

"동쪽 내벽을 함락시켜야 합니다! 전원 죽을 각오로 뛰세요!"

그 말을 들은 마키오의 사람들은 놀라서 구오를 보았다.

"어째 대장이 직접 뛰어든다 했더니, 이쪽이 진짜였단 말인가?"

동쪽의 지휘관이 자신도 모르게 중얼거렸다. 상황이 그렇게 설명을 해주고 있었다.

앞쪽에서 싸우고 있는 과비크의 용병들만 해도 그렇다. 얼굴을 가려 정체는 알 수 없지만 하나같이 전직을 끝낸 최정예들이었다.

움직임을 봐도 프로 급이라 구오의 외침에 거짓이 없음을 직감적으로 알 수 있었다.

"오, 서쪽인 줄 알았더니 우리가 주력이라 이거지? 좋아. 하하하하."

"씨발, 내벽 먹으면 보상 확실하게 해주겠지?"

"이야, 우리 편 작전 좋은데? 완전 성동격서 아냐. 아니, 성서격동인가."

그렇지 않아도 난리였는데, 더 난리가 났다.

사람들은 한 걸음이라도 더 밀어붙이기 위해 자살기도 서슴없이 썼다.

사기가 극을 넘어 광기로 번졌다.

어쨌거나 구오는 그들의 앞에 있다. 최고 정예인 과비크의
용병들도 있다.

외벽의 잔병들을 처리하는 것은 지휘부의 참모들과 호위
병들. 이들은 자연스럽게 기존 동쪽 성벽 공격 대원들의 선두
가 되었다.

[야, 구오. 너 우리랑 상의도 없이 비밀 작전을 짰단 말이
야?]

[잘한다, 구오. 역시 넌 짱이다.]

섭섭하다는 당삼과 결과만 좋으면 일단 인정하는 쇼부의
반응이 서로 달랐다. 거기에 다른 사연이 있는 귓말도 왔다.

[아앗, 구오야. 그럴 거였으면 날 그쪽에 배치시켰어야지.
여기도 좋지만 그래도 내벽 함락 장면을 찍어야 한단 말이
야.]

[후훗, 상큼 누님. 어차피 그쪽도 함락될 테니 그걸 찍으세
요. 여긴 따로 촬영해 놓을게요.]

구오는 상황을 정리하여 모두에게 지시를 내렸다.

[서쪽의 작전은 그대로 진행해요. 적어도 서쪽에 몰려 있는
상대가 이쪽으로 지원을 오지 않아야 합니다. 만약 동쪽 내벽
이 먼저 뚫리면 그때는 그쪽 병력을 뒤에서부터 빼서 이쪽으

로 이동시키고요. 아니면 그대로 밀어붙여요.]

[양동으로 가잔 말이군. 알았다.]

내벽만 뚫으면 다른 건 필요없다. 그 뒤로는 도시의 수호상이 있는 곳까지 전력으로 밀어붙이면 된다.

이제 동쪽 내벽에서도 치열한 공방전이 벌어졌다.

구오 때문에 대응 방침이 꼬인 도쿤 측에서는 어떻게든 구오를 잡아야 한다는 사람과 일단 방어에 집중해야 한다는 사람으로 의견이 나뉘었다.

하지만 곧 그들은 진형을 가다듬어 방어를 굳히기로 했다. 위쪽에서 그런 명령이 내려왔기 때문이다.

단지 이미 구오 쪽으로 향한 자들은 계속해서 구오를 노리게 되었다.

구오는 나싱과 함께 미로 옆으로 빠졌기에 일종의 숨바꼭질을 하는 상태라 할 수 있었다. 벽을 사이에 두고 움직이다가 눈앞에 맞닥뜨린 상대를 쓰러뜨리는 식이었다.

"흐흐흐, 이놈. 드디어 잡았다."

강자!

구오의 직감이 경종을 울렸다.

마법사로 보이는 놈이었는데, 앞에 만만치 않은 전사 직종의 호위를 다섯이나 데리고 있었다. 옆에 서 있는 힐러도 저 레벨은 아니었다.

"누구신지? 나한테 감정이 좀 있으신 거 같은데."

"내가 바로 디케이의 수장인 비달이다. 네놈에게 당한 수모를 갚으러 왔다."

"아하, 전에는 미안하게 됐수다."

디케이의 수장이라면 이를 갈 만하다. 무패 행진을 하다가 구오의 마키오에게 밀린 후 디케이의 명성은 땅에 떨어졌다.

"미안할 건 없다. 승부니까. 이번엔 내가 널 잡아서 명예를 회복하겠다."

"싫소이다."

말과 함께 구오는 뒤로 돌아 뛰었다. 그로서는 보기 드물게 알기 쉬운 도주 행위였다.

"이놈, 서라!"

비달은 구오가 그동안 미친 것처럼 싸움만 하다가 이번에 갑자기 도망을 가는 것에 황당함을 느꼈다.

기사면 기사답게 승부에 응할 줄 알았는데 도망을 치다니?

앞에서 도망가는 구오의 대답이 들려왔다.

"수적으로 내가 불리하니 못 서겠소. 자신있으면 계속 따라와 보쇼."

"이놈이!"

디케이의 수장이면 그래도 레전드 급인데 졸지에 뒷골목에서 패싸움을 하는 양아치들처럼 구오와 이리 뛰고 저리 뛰게 생겼다.

비달을 위시한 도쿤 측 사람들은 욕설을 퍼부으며 구오를
뒤쫓았다.

그런데 막상 미로를 헤매다 보니 구오의 모습이 보이지 않
았다. 그들이 만든 미로지만 뛰면서 위치를 완벽하게 기억하
고 활용할 만큼 이 안에서 연습을 한 건 아니었다.

오히려 구오 쪽이 미로의 구조에 대해 익숙했다.

구오는 한 번 간 길은 절대로 잊지 않고, 조금만 살피면 가
지 않은 길도 구조를 파악해 익숙하게 이용할 수 있는 특기가
있었다.

결국 비달 일행은 구오를 완전히 놓쳐 버렸다.

"어디냐? 이놈!"

"나 여기 있다."

비달이 분노에 찬 음성으로 소리치자 담 너머에서 바로 대
답이 들려왔다. 그런데 방금 전과는 말투가 달랐다.

벽을 돌아 가보니 구오와 나싱 이외에 과비크의 용병이 열
명 정도 서 있었다.

"이젠 이쪽이 많지. 싸우자!"

구오는 당당하게 외쳤다. 너무나도 당당하여 비달은 기가
막혔다.

"이, 이 비겁한 놈."

"남이 하면 불륜이고 내가 하면 로맨스라더니. 애초에 혼자 나온 것도 아니고 호위에 힐러까지 달고 온 놈이 웬 헛소리냐. 죽어랏!"

구오가 달려드니 나싱이 그 뒤로 몸을 숨긴 채 따랐다.

과비크의 용병 중 바바리언으로 전직한 자들은 하늘로 몸을 날려 공중에서 폭격을 가하듯 떨어져 내렸다.

이것이야말로 입체 공격! 피하거나 도망가기가 결코 쉽지 않은 상황이었다.

"으그극, 그래도 우린 네놈 한 놈만 잡으면 된다."

비달은 당황하지 않고 주문을 시전했다.

그가 지니고 있는 공격 마법 중 최고의 대미지를 가지고 있는 플레임 자벨린이 트리플 캐스팅 스킬과의 조합으로 한 번에 세 개나 생겨났다.

평소 마법은 한 방이라고 믿는 비달은 모든 스킬 조합을 집중 공격형으로 맞추어놓았는데, 이 트리플 플레임 자벨린이야말로 현재 그의 자존심이라 할 수 있었다.

동시에 눈치 빠른 비달의 참모들도 모두 구오에게 장거리 공격과 마법을 사용했다. 정식으로 짜여진 요격대는 아니지만 이 정도면 웬만한 상대는 한 번에 간다.

"죽어라! 트리플 플레임 자벨린!"

슈슈슉—

"쏘울 해머!"

"더블 대거!"

화망, 불의 그물이라는 표현이 어울리는 공격이었다. 구오에게 피할 공간은 없었다.

피할 마음도 없다.

"검의 노래!"

시리리링―

구오는 대마법 방어 스킬인 검의 노래를 시전함과 동시에 기공의 방어 비율을 극한까지 올렸다. 동시에 방패로 머리와 몸을 가려 치명타가 터지지 않게 대비했다.

구오의 돌진은 공격이 아닌 방어를 위한 것으로, 다른 사람들 대신 모든 공격을 맞아주겠다는 각오가 들어 있었다.

존재 자체가 도발인 구오다. 모든 길은 로마로 통하지만 모든 공격은 그에게 집중된다.

퍼퍼퍼퍼펑―

꽝음과 함께 불꽃이 공간을 메웠다. 화염의 장막이 길에 쳐진 듯했다.

그러나 구오는 방패를 앞세운 채 불길을 뚫고 나왔다. 마법사를 상대할 때는 가만히 서 있는 것보다 접근을 하는 게 더 안전하기 때문이다.

"하압!"

펑—

방패 치기, 대미지는 별로지만 맞으면 스턴 효과에 넘어질 확률도 높다.

비달을 호위하던 전사 하나가 옆으로 튕기듯 쓰러졌다. 또 다른 전사 하나가 구오의 움직임을 막겠다는 듯 태클을 걸어왔다.

그때 구오의 움직임이 살짝 멈췄다. 상대가 스킬을 쓰지 않고 그냥 태클을 거는 것을 알고 타이밍을 바꾼 것이다.

간 일발의 차이로 태클을 피하고 다시 비달에게 달려들었는데 비달은 그래도 당황하지 않고 주문을 시전하고 있었다.

순간 구오는 비달의 눈을 보았다. 흔들림없는 냉정한 눈. 뭔가 기분 나쁜 느낌이 들었다.

"피해!"

구오는 소리침과 동시에 옆으로 몸을 날렸다. 나싱도 같이 날렸다.

"파동파!"

스파파파팟—

비달의 허리 부근에서부터 파란 빛의 원이 나타나 급속도로 확산되었다. 충격파가 비달 주변에 있는 모든 것을 덮쳐갔다.

아군까지도 죽음으로 몰아넣는 무차별 범위 공격 마법이

었다.

"미친놈!"

뒤쪽에서 과비크의 용병 하나가 점프 공격을 시도하며 소리쳤다. 확실히 과비크의 게이머답게 충격파가 옆으로만 퍼진다는 것을 순간적으로 눈치채고 공중 공격을 감행한 것이다.

그러나 그의 워해머가 닿자마자 비달의 몸이 폭발해 버렸다.

콰콰콰쾅—

"아아악!"

지금까지의 어떤 공격보다 강한 폭발이 일어났다. 공격을 한 과비크의 용병은 회색의 몸조차 남기지 못하고 사라졌다.

폭발은 비달의 위치에 가까울수록 많은 대미지를 주었다.

"역시 자폭을 하려고 했었군. 자폭 스킬은 공개된 적이 없는데 저놈은 어디서 그걸 얻었을까?"

구오는 살았다. 바닥을 굴러서 비달로부터 멀어졌기 때문이다. 구오는 겨우 살았다는 안도의 한숨을 내쉬며 일어났다.

"와, 오라버니, 저 죽을 뻔했어요."

나싱도 몸을 일으키며 얼른 회복약을 마셨다.

비달 주변의 모든 사람이 죽었다.

비달은 구오를 죽이기 위해 과감한 수를 썼다. 그와 그를 따르는 수하들의 목숨까지 저당 잡으며 구오를 노렸지만, 결정적인 순간에 구오가 도망을 가버렸기에 그냥 혼자 폭사한 셈이었다.

워낙 폭발이 컸기에 일시적으로 전투가 멎었다. 사방에서 싸우던 사람들이 모두 이쪽을 보고 있었다.

구오는 얼른 자세를 가다듬고 칼을 높이 쳐들며 외쳤다.

"디케이의 수장인 비달을 잡았다! 이제 남은 건 잔당뿐이니 얼른 쓸어버리자!"

"오옷, 비달을 잡았다!"

"이야, 길마가 비달을 잡았다."

확실히 비달은 전국구 선수가 틀림없다. 마키오 내에서도 비달을 아는 사람이 많았다.

적 측에 비달이 있으면 언제 어디서 강력한 마법에 노출될지 모른다. 비달의 마법은 사기적인 데가 있다는 게 많은 사람들의 평가였다.

이번의 폭발만 해도 공성병기도 아니고 한 유저의 스킬 효과라고 보기엔 너무나도 강력했다.

그러나 죽은 건 비달이고, 구오는 살아서 승리의 함성을 외치고 있었다.

"이때를 놓치면 안 됩니다. 밀어붙여요!"

뒤쪽에서 해피보이가 나타나 소리쳤다. 그는 구오가 참모에게 맡겨놓은 대장의 깃발을 받아 들고 와서 흔들어댔다.

사람들은 그 말에 호응하듯 다시 함성을 지르며 격렬하게 공격을 가했다. 거의 미친 것 같은 눈빛으로 수비를 도외시한 채 밀어붙이니 그 힘은 측량하기 어려운 구석이 있었다.

특히 방금 전 비달을 본받은 듯 마법사들 중 일부가 자폭이나 다름없는 과격한 스킬을 서슴없이 사용함으로써 적의 진형을 깨는 데 큰 역할을 했다.

마키오의 구성원 하나하나가 개인적인 욕심을 버리고 승리만을 위해 전념하고 있는 듯했다.

반면에 내벽의 수비조들은 마음이 크게 흔들린 듯 평소 실력을 발휘하지 못했다.

"대충 밥값은 한 듯하군."

구오는 그 광경을 지켜보며 천천히 고개를 끄덕였다. 더 이상 그가 나설 만한 구석이 없었다.

그때 해피보이가 사람들을 헤치며 구오에게 다가와 대장의 깃발을 내밀었다.

"이건 형님이 들고 계셔야 어울리는 것 같아요. 이제 형님이 싸울 필요는 없으니 좀 쉬세요."

"하, 네가 내 생각을 다 해주는구나. 그런데 괜찮냐? 넌 스파이인데 그렇게 깃발 흔들며 마키오 편을 들면 도쿤에게 미운 털 박힌다."

"생각해 봤는데, 걍 스파이 그만두고 형 쪽에 붙을래요."

"잉? 연예계 진출 포기하고?"

"포기라뇨. 제 사전에 포기는 없거든요. 근데 도쿤에 들어가서 바닥을 긁는 것보다 형 밑에서 크는 게 나을 것 같아요. 적어도 형 밑으로 저 말고 연예계 들어가겠다는 사람은 없잖아요. 경쟁자가 없으니 이쪽이 더 괜찮을지도 모르겠다는 생각이 들어서요."

"크크크. 아주 네 맘대로 하는구나. 그렇게 이쪽에 붙었다 저쪽에 붙었다 하면 나중에 고생한다."

"전 이쪽저쪽 옮긴 적 없다고요. 지금까지는 중간에서 간을 좀 본 거고, 이제 형으로 정했으니 끝까지 형하고 간다고요."

"헐, 아무튼 좋다. 지금은 나랑 잡담을 하는 것보다는 조금이라도 더 밀어붙여라."

"옙! 염려 마세요. 제가 이래 봬도 여기 지리와 함정, 군사 배치 같은 건 꿰고 있거든요. 확실하게 전공을 올려 보이죠."

그러고 보니 해피보이라면 도쿤의 내정을 알 만하다. 그동안은 구오에게 말을 안 했을 뿐이다.

구오는 해피보이가 내벽 쪽으로 달려가는 뒷모습을 보며 중얼거렸다.

"저놈은 가벼운 듯하면서도 의외로 신중한 놈이네."

"나쁜 사람은 아닌 것 같아요."

"나싱도 그렇게 생각하지? 이상하게 처음 봤을 때부터 밉상은 아니었거든."

구오는 태연하게 나싱과 잡담을 계속 나누며 조금씩 앞으로 나아갔다. 그가 전진을 하자 마키오 사람들은 더욱더 힘이 나는 듯 내벽의 공략에 힘을 더했다.

얼마 후, 드디어 내벽의 일부를 마키오가 장악하고 좌우로 영역을 확장하기 시작했다. 서쪽보다 오히려 더 빠르게 내벽을 함락시키게 된 것이다.

구오는 다시 움직였다. 성벽 위에 안전한 장소가 생긴 이상 그곳으로 가야 했다.

구오가 성벽 위에서 대장의 깃발을 흔들자 사람들은 동쪽 내벽이 완전히 마키오의 손에 들어갔다는 것을 확실히 인식했다.

"이제 적에게 지형의 이점은 없습니다. 중앙 광장 한가운데까지 진격하여 수호상을 점거합시다."

"옙!"

구오의 명에 모두들 자신감에 찬 목소리로 대답을 했다. 서쪽에서 당삼이 귓말을 보냈다.

[이쪽 애들이 일부 빠져서 그쪽으로 간다. 조심해라.]

[훗, 중앙에 대비하고 있던 것도 아니고 서쪽 성벽에서 동

쪽 성벽까지 온다고요? 바라던 바네요.]

애초에 구오가 동쪽 성벽을 적극 공략할 마음을 먹은 건 도 쿤 쪽이 예비 병력을 서쪽으로 몰았기 때문이다.

병력이란 게 마음먹은 대로 서쪽 끝에서 동쪽 끝으로 휙휙 이동시킬 수 있는 게 아니다. 그들이 온다고 해도 도시 광장 근처에서 만날 터, 당분간은 안심이었다.

[형은 빨리 그쪽을 정리하세요. 동서를 같이 함락시켜야 중 앙을 포위 공격할 수 있으니까요.]

[오, 포위 공격! 그거 좋지. 염려 마라. 시간문제니까.]

그 시간이 문제다. 구오는 속으로 중얼거리면서 영주전 타 임 리미트를 확인했다.

미묘했다. 구오의 계산대로라면 적을 중앙 광장에 몰아넣 고 양쪽에서 포위 공격을 함으로써 확실한 우세를 이끌어낼 수 있다. 그러나 저쪽이 필사적으로 버티면 전멸을 시키는 데 에는 시간이 모자랄 것 같았다.

"다 이겨놓고 시간제한에 걸려 버리면 안습인데. 쩝."

생각하다 보니 마음이 다급해졌다. 그러나 구오는 일단 참 았다. 나설 때 나서고, 멈출 때 멈출 수 있어야 진정한 고수 다.

"나싱, 일단 너는 나가서 싸워."

"예?"

"난 당분간 안 나가니까, 꽈비크 용병들하고 같이 움직이는 게 좋겠어. 내가 움직이게 되면 부를게."

"음, 알았어요."

한 칼이라도 더 움직이는 게 승리를 위해 좋다. 나싱도 구오의 마음을 이해했는지 이번에는 두말없이 꽈비크 용병들과 합류했다.

구오는 호위병 두 명만을 대동한 채 구경 모드로 들어갔다. 모든 사람들이 참으로 열심히 싸우는 게 묘한 감동으로 느껴졌다.

CHAPTER 04
공성전 (2)

"크으으. 동쪽이 함락됐단 말이지."

모모마루는 일이 어려워졌음을 깨달았다. 즉시 부대장들에게 지시를 내려 대응했지만 이미 조금 늦은 감이 있었다.

서쪽은 지금 팽팽한 접전을 벌이고 있었는데, 동쪽이 뚫렸다는 말에 아군이 동요하고 있었다.

"동쪽으로 지원을 보내야 합니다."

남의 속도 모르고 참모가 나서서 조언을 한다. 모모마루는 속에 열불이 나는 것을 가까스로 참았다.

"보낼 지원이 있는가?"

"……."

예비 병력은 없다. 서쪽 내벽에 다 달라붙어 있는 상황이었다.

"서쪽은 아직 여유가 있습니다. 이렇게 됐으니 어느 정도는 빼서 동쪽으로 보내야 합니다."

"그런가? 그래야겠지."

별다른 수가 없다.

모모마루의 머릿속이 컴퓨터처럼 빠르게 돌아갔다.

이럴 때 계산을 잘해야 한다. 모든 변수를 다 고려해서 막을 수 있을 만큼만 남기고, 나머지는 동쪽으로 돌리기로 마음먹고 그동안의 싸움을 분석했다.

"티케이의 수장 비달이 죽었으니, 티케이에 소속된 사람들을 보내는 게 좋을 것 같습니다."

"음, 그건 나쁘지 않군. 명예를 회복하고 수장의 복수를 하기 위해서 노력할 테니까."

어차피 프로라 언제라도 일정 이상의 전투력은 발휘를 하지만, 그래도 할 마음이 있을 때와 없을 때의 차이는 있다.

모모마루는 참모의 조언에 동의를 한 후, 티케이를 비롯한 몇몇 집단을 동쪽으로 돌렸다.

이동하는 데에 시간이 좀 걸리겠지만 그래도 중앙 광장까지 적이 밀고 들어오기 전에 막을 수 있을 것 같았다.

하지만 이렇게 됨으로써 서쪽 벽이 밀리는 것은 어쩔 수 없었다. 기묘한 전력의 비율이 양측에 고민거리를 안겨주는 셈이었다.

"전투 전에는 우리가 무조건 수성에 성공한다고 판단했다. 그런데 동쪽이 뚫리니 이제는 패배할 확률이 30%는 되어 보이는구나."

구오란 자는 다시 한 번 모모마루의 예측을 뛰어넘었다.

한 명의 개인이 수백 명도 아닌 수천 명의 싸움에서 활약을 하고, 전쟁의 승산을 바꾸어놓을 수 있다고는 지금까지 믿지 않았는데, 지금 그런 상식이 깨어진 것이다.

"그래도 아직은 우리가 유리하다. 적어도 공성전 마감 시간이 될 때까지 마키오는 중앙 광장에 들어오지 못하게 한다."

모모마루는 스스로에게 다짐하고 다시 한 번 정황을 세밀하게 살피기 시작했다. 그리고는 입술을 살짝 깨물며 서쪽의 병력을 조금 더 빼서 이동시켰다.

그 바람에 서쪽 내벽의 방어가 상당히 불리해졌지만 그건 감수해야만 했다.

모모마루의 계산으로는 서쪽 벽을 지키는 것보다 동쪽의 적을 막는 게 먼저였다.

중앙 광장의 수호상! 그 웅장한 모습을 마키오 측 사람들이 보게 할 마음은 없었다.

*　　　*　　　*

피앙 공주는 마법사들을 지휘하면서도 한편으로는 사방의 정황을 냉정하게 살피고 있었다. 원래 그녀는 마키오가 이번 공성전을 성공시키지 못하리라 생각하고 있었다.

피앙 공주의 고향인 태국의 엘레판쳐의 전술 분석가들도 대부분 도쿤의 손을 들었다.

그런데 지금 피앙 공주의 눈에는 마키오의 가능성이 보이기 시작했다.

"정말 대단해, 구오라는 사람은."

피앙 공주가 말을 하자 호위무사인 자파가 무뚝뚝한 얼굴을 유지한 채 대답했다.

"뛰어난 자입니다."

"응. 임무를 띠고 일본에 와서 가장 좋았던 건 구오님의 전략과 전술을 옆에서 지켜볼 수 있었다는 것 같아. 나중에 본국에 가서도 연구해 볼 만한 가치가 있어."

"다른 사람이 쉽게 흉내를 낼 수 없는 부분이 있습니다. 자칫 잘못하면 굉장히 위험해질 작전이 대부분이니까요."

"하긴, 본능적으로 극한의 위기 속에서 한계점을 찾아낼 수 있는 사람만이 행할 수 있는 방법이지."

"공주님의 임무는 어떻게 되었습니까?"

"흥, 자파, 그걸 묻는 건 월권이야. 넌 나의 상담역이기는 하지만 임무에 대해서 물을 권한은 없다고."

"제가 주제넘었습니다."

자파는 피앙 공주가 약간 화난 목소리로 말해도 전혀 동요하지 않고 바로 사과를 했다. 그런데 목소리 톤에는 조금도 미안해하는 감정이 느껴지지 않았다.

피앙 공주는 가볍게 한숨을 내쉬었다.

자파는 원래 감정이 없는 사내다. 호위무사의 훈련을 받은 자답게 항상 냉정하게 자신의 임무를 수행한다.

"아직 아무런 단서가 없어. 이쪽 지역에 해킹의 징후가 나타난 것은 그때 한 번뿐이야. 본사에서도 뇌파 조작에 의한 해킹은 현재의 과학 기술로 볼 때 절대 불가능하다 했고 말이야."

"하지만 징후가 나타났으니 누군가 해킹을 했다고 봐야 하지 않겠습니까?"

"몰라. 본사에서는 초자연적인 현상일 수도 있다고 했어. 웃기지 않아? 이런 과학 시대에 초자연적인 현상이라니. 유령이라도 가상공간 속으로 들어온 거라고 생각하는 걸까?"

피앙 공주는 자신이 말해놓고도 말도 안 된다는 듯 피식 웃었다. 하지만 본사에서 그녀를 이곳으로 파견한 이유는 바로 그것이다.

어떤 단서를 찾던가, 아니면 본사에서 그냥 시스템 에러였다고 판단을 내릴 때까지 피앙 공주는 이곳에 있어야 한다.

그런데 마땅한 단서를 찾기가 쉽지 않다. 그녀나 본사가 기다리고 있는 것은 또다시 이상 뇌파 현상이 감지되는 것이다. 이번에는 주의를 하고 있으니 충분히 현장에서 캐치할 수 있을 것이다.

문제는 그게 언제냐는 것이다.

적어도 몇 년간은 이곳에서 하염없이 기다려야 할지도 모른다. 기약없는 기다림이지만 혹시라도 뇌파 시스템의 해킹이 발생했을 때 생기는 문제를 생각하면 해야만 하는 일이었다.

그래도 나쁘지 않아.

피앙 공주는 그렇게 생각했다. 그만큼 지금의 마키오가 마음에 들었다.

*　　　　*　　　　*

전투라는 것은 쌍방의 생각과 행동이 부딪치는 것이다. 하지만 진행 과정 중 대부분은 양측이 모두 의도한 대로 흘러가는 경우가 많다.

사람들은 그걸 보고 접전이라고 하는데, 지금 마키오와 도 쿤의 싸움이 그랬다.

덕분에 인터넷으로 실시간 방송하는 사람들은 신이 났다. 승부를 예측하기 어려운 국면까지 온 이상 방송을 보는 사람들은 끝까지 관전을 멈추지 못할 터였다. 이건 근래에 보기 드문 빅매치임이 틀림없었다.

특히 상큼청춘은 거의 감동의 눈물을 흘릴 정도로 기뻐하고 있었다. 그녀는 전투에 직접 참가하지 않고 열심히 방송에 집중하고 있었다.

서쪽 성벽의 공격만 방송을 할 때에는 조금 여유가 있었는데, 구오가 동쪽 성벽 공략에 가담하고, 그쪽의 영상을 상큼청춘에게만 보내준 다음에는 즉석 편집을 해야 했다.

즉석에서 제법 명성이 있는 인터넷 앵커 두 명과 도쿤 쪽 해설가를 고용하고, 상큼청춘 본인은 마키오 측의 해설 요원이자 전체 편집을 맡았다.

앵커와 해설가를 고용하는 데에는 적지 않은 비용이 들지만 이렇게 함으로써 주먹구구식의 개인 방송이 아닌 정식 방송과도 같은 권위를 얻으려 했다.

나름대로 승부수를 띄운 셈이다.

투자한 바가 있어서 그런지 이후에는 방송의 질이 확 높아져서 실시간 방송의 접속자 수가 처음보다 몇 배나 늘어났다. 또한 다른 인터넷 방송국으로부터 제휴 신청이 계속해서 들어오고 있었다.

거의 개인 방송국이었던 상큼청춘의 채널이 메인 무대로 나갈 수 있는 기회가 된 것이다.

"구오야, 고맙다. 호호호호호."

상큼청춘은 웃음을 멈출 수가 없는 듯 중간중간에 해설용 방송 채널을 멈추고 열심히 웃었다.

"이 전투가 끝나면 정식으로 사원도 몇 명 고용해야지. 아예 앵커를 영입할까?"

여사장!

상큼청춘의 머릿속엔 어느새 사업가로서의 마인드가 심어지고 있었다.

*　　　*　　　*

국지전에서 수많은 사람들이 자신의 가진 바를 쏟아부으며 승부를 가렸다. 그런 것들이 모여 전체의 우열을 가리는 요소가 됐다.

구오는 방금 전 당삼으로부터 서쪽 내벽을 확보했다는 보고를 받았다.

'예상보다 좀 늦었군.'

구오는 아직도 마키오의 작전 진척도가 승리를 위한 임계점에 약간 못 미친다고 판단했다.

이미 동쪽 군에서는 도쿤의 지원군이 도착하여 시가전을 치르고 있는 상황이었다.

아주 약간이지만 도쿤은 예상보다 빠르게 움직였고, 마키오는 조금 늦었다. 지금은 이런 작은 시간차가 큰 결과로 나타날 가능성이 컸다.

그래도 구오는 전혀 흔들리지 않는 목소리로 당삼에게 말했다.

[동서 양쪽을 확보했으니 이제 밀어붙여서 협공하면 끝이네요. 뒤를 생각할 필요가 없으니 마구 미세요.]

[하하핫. 염려 마라. 정예들 대부분이 아직 건재하다.]

그 말을 들으니 약간은 안심이 된다.

아마도 당삼은 내벽을 함락시키면서 주력을 너무 많이 잃으면 안 된다고 판단했던 것 같다.

주력이 건재하다면 이제부터 빠르게 밀어붙이겠군.

구오는 속으로 중얼거리며 전면에 있는 도쿤의 지원군을 보았다.

수는 그렇게 많지 않았다. 그런데 보다 보니 어디선가 본 놈들이 꽤 있었다.

"디케이의 잔당인가."

디케이는 강하다. 이미 싸워봐서 잘 안다.

그 외에도 꽤 강해 보이는 놈들이 다수 섞여 있었다. 급하게 이동했을 텐데 조금도 대열이 흐트러지지 않고 기존의 방어군과 무리없이 합류를 한다.

"좋아. 만만한 놈이 하나도 없는 건 확실히 알겠어."

구오는 앞으로 나갈 생각을 버렸다. 이제는 꼼수보다는 근성과 뚝심으로 승부를 해야 한다.

자고로 시가전이란 모든 전투 형태 중 양측 모두에게 가장 가혹한 행위라고 했다.

끊임없이 사상자가 발생하게 되어 있는 것이다.

"같이 전멸을 해도 됩니다. 밀어붙이세요!"

구오는 가혹한 명령을 내렸다. 참모들도 비장한 얼굴로 각 부대에게 구오의 말을 전했다.

인정사정없는 명령이지만 모두 별다른 불만 없이 받아들이는 분위기였다.

구오가 지금까지 해온 행동이 그들에게 맹신의 기분을 심어주었던 것이다.

원래는 양측이 같이 전멸하면 공격은 실패가 된다. 하지만 구오가 이렇게 명령을 내리니 또 다른 수가 있겠지, 하는 마음이 되었다.

싸움이 더욱 격렬해지는 것을 보며 구오는 사방을 살펴보았다.

"저쪽이 좋겠군."

구오는 사방이 훤히 트인 사거리 한가운데로 가서 섰다. 여전히 대장의 깃발을 스스로 들고 버티고 선 자세였다.

참모들과 호위병들이 따라오자 고개를 저으며 말했다.

"이제 별다른 명령을 내릴 건 없으니 여러분들도 가서 싸우세요."

"위험합니다. 적어도 최소한의 호위병들은 남아 있어야 합니다."

"위험하긴요. 여긴 진짜 안전한 곳이잖아요. 저를 지키는 것보다 적을 밀어붙이는 게 지금은 더 중요해요."

"안전한 곳이라도 적지입니다. 암살자가 숨어 있지 않으리란 법은 없습니다."

"암살자는 없어요. 단지 제가 혼자 있는 것을 보면 미친 척하고 접근해 올지도 모르죠."

"구오님이 말씀하신 대로 지금은 안전해도 어떤 위험이 있을지 모르니 저희는 구오님을 지키겠습니다."

"그냥 가서 싸우세요. 지금 상황이 미묘해서 한 칼이라도 보태야 합니다."

"하지만……."

"자꾸 안 가시면 제가 앞에서 싸우는 수가 있어요."

"윽."

"가세요."

"알겠습니다."

구오의 협박에 호위를 하던 사람들은 어쩔 수 없이 전선으로 나갔다. 참모들 역시 구오의 곁을 떠났다.

나싱은 구오가 혼자가 되자 살짝 돌아와서 웃으며 말했다.

"전 그냥 오라버니 곁에 있을래요."

"크, 그래라. 나도 혼자 있으면 좀 심심하니까."

"만약을 위해 함정이나 좀 설치해 놓을게요."

"함정 좋지."

나싱은 중급 함정 스킬을 찍었기에 상당히 위력적인 마법 함정들을 설치할 수 있었다. 그녀는 좀이라는 말과는 달리 자신이 가진 가장 비싸고 강력한 함정들을 마구 깔았다.

구오를 중심으로 거미줄과 같은 함정이 수십 개나 설치되었다.

나싱이 쭈그리고 앉아 함정을 설치하는 모습에 구오는 웃으며 말했다.

"그러고 있으니까 밭매는 사람 같다."

"헤헤헤. 전 농사짓는 것도 해보고 싶어요."

"나중에 시간 나면 좀 해볼까? 그러고 보니 생산 스킬은 거의 안 올리고 레벨 업하고 전쟁만 했네."

"여유가 생기면요. 생산 스킬을 올린 사람들 얘기로는 나쁘지 않다고 하더라고요."

"그렇지. 환경 적응력이 올라가서 생존 능력하고 지역적 방어 능력, 속성 방어 능력에 도움이 되니까."

"그러게요."

"그래도 그냥 장비를 강화하고 레벨을 올리는 게 캐릭을 강하게 키우는 일임에는 틀림없어."

"헤헤, 그렇죠."

나싱은 구오의 말을 듣고 그가 아직은 생산 스킬에 큰 관심이 없다는 것을 깨달았다. 적어도 만 레벨인 200이 되기 전까지는 한눈을 팔지 않으리라.

"어떻게 보면 전쟁이란 참 단순한 것 같다."

"예?"

구오가 갑자기 화제를 바꾸니 나싱은 자신도 모르게 반문을 했다.

"치고 나갈 때 치고 나가고, 지키고 있을 때 지키고 있으면 되는 거잖아."

"그렇게 단순한 건가요?"

"뭐, 복잡하게 생각 안 하면 그런 거 아니겠어?"

구오는 깨달은 게 있는 것 같은 얼굴로 말했다.

"그래서 좀 지루해. 이렇게 가만히 서 있어야 한다니 말이야."

"풋. 이런 상황에서 지루해하는 사람은 별로 없을 거에요."

특히 지휘관이라면 말이다. 승부를 예측할 수 없으니 저절로 긴장이 되지 않을까?

나싱이 그렇게 생각을 하자, 구오는 그런 생각을 읽기라도 했는지 고개를 살짝 저으며 말했다.

"난 지루해. 이길지 질지는 모르지만 적어도 지금 내가 움직여서는 안 된다는 걸 아니까. 또 혼자서 모든 것을 할 수 없다는 것도 알고."

"아무래도 천 명 이상이 싸우는 거니까요."

"정말 이런 대규모 전쟁에서 대장이란 깃발을 들고 서 있기만 해야 하는 존재일까?"

"그게 싫으시면 대장 출현을 하지 말고 그냥 싸우시는 게 낫지 않을까요?"

"쩝. 대장 출현 이벤트라도 발생시켰으니까 이 정도 전력이 나오는 거지. 솔직히 이 전투 꽤 힘들었어."

"헤헤헤. 그렇죠."

구오가 투정을 부린다. 이기기 위해서 자신이 움직이지 않아야 하는 상황을 만들어놓았는데, 그게 별로 마음에 들지는 않은 모양이다.

나싱이 어떻게 그를 달랠까 생각하고 있는데, 구오가 다시 말했다.

"내가 오크 족장처럼 레벨 200이었으면 무조건 맨 앞에서 싸웠을 텐데, 하하하하."

"풋, 그야 그렇죠."

100레벨들 노는 데에서 200레벨이 나타난다면 그건 깽판이다. 하지만 구오가 200레벨이 되었을 때에는 다른 사람도 그와 비슷한 레벨일 터이니 구오의 생각은 그저 푸념에 가까울 뿐이었다.

나싱은 미소를 지으며 말했다.

"오라버니가 원하신다면 이 전쟁 끝나고 둘이 광렙을 하러 다녀요. 오라버니도 다른 사람들보다 훨씬 접속 시간이 많고, 저도 그러니까요. 정말 다른 거 안 하고 레벨 업만 하면 꽤 차이를 벌릴 수 있을 거예요."

"흠, 그건 그렇지만 길드 일이 많으니까 말이야."

구오는 가볍게 한숨을 내쉬었다.

사실 나싱의 말대로 구오와 나싱에게는 남들보다 몇 배나 되는 접속 시간이 있다. 그렇기에 길드 일을 하면서도 빠른 레벨 업이 가능하다.

만약 길드 일을 전혀 안 하고 둘이서 레벨 업에만 전념했다면? 아마 세계에서 가장 처음 만렙이 되는 것은 구오와 나싱일 것이다.

"그래야 할까? 그것이 옳은 길일까?"

구오는 자신에게 물었다. 그런데 확신이 안 섰다. 사람들과 어울리면서, 길드를 운영하고 전쟁을 하면서 얻는 것은 결코 작지 않았다.

지금처럼 강력한 길드를 만드는 것은 결코 쉽지 않다. 여러 사람이 모여 뜻을 하나로 모았고, 지리적인 여건도 허락을 해주었다.

더 지존이 구오의 인생에 유일무이한 게임이라고는 생각하지 않는다. 그렇다면 더더욱 많은 사람을 만나고 단체를 움직이는 일에 대해 익숙해져야 한다.

잠적해서 몇 년간 레벨만 올리는 것도 좋지만, 사람들을 모아 움직이는 것은 지금밖에 못한다.

혼자 강해질 것인가? 아니면 사람을 모아 강한 조직을 만들 것인가?

결론을 내릴 수 없는 구오였다.

"일단은 이 전쟁을 이기고 나서 생각하자."

결국 구오는 생각을 중지했다. 알 수 없는 것을 고민하기보다는 현재에 집중하다 보면 언젠가는 자연스럽게 마음이 기울지도 모른다고 판단했다.

정신을 차리고 전황을 보니 마키오가 약간 우세했다. 이제 도쿤 측은 시가지 지대에서 거의 밀려나 중앙 광장에 마지막 저지선을 만들고 있었다.

"저기만 뚫으면 되는군."

멀리 수호상의 모습이 보였다. 성채 도시의 수호상답게 거대한 것이 언제 보아도 멋있었다.

마키오의 군세가 수호상에까지 다다르면 도쿤은 항복을 할 것이다. 그렇지 않고 최후 항전을 하려 하면 마키오에서 수호상을 파괴할지도 모르기 때문이다.

수호상을 파괴하면 이 도시의 건축물 대부분이 무너져 버린다. 도시에서 마을로 변화하면서 규격 이상의 모든 것이 사라지는 것이다.

도쿤이 이곳 채롯 성채 도시에 처박은 돈은, 한순간에 날려 버리기엔 너무나도 액수가 크다.

그럴 바에야 일단 항복을 하고 다음 달에 다시 탈환을 하는 것이 옳다.

[당삼 형, 그쪽은 어때요?]

구오는 서쪽 군이 어디까지 왔는지 확인했다.

[정리가 되고 있다. 곧 광장까지 밀어붙일 수 있어.]

이쪽이나 저쪽이나 비슷한 상황이었다. 이것은 도쿤의 지휘관인 모모마루가 전력 편성을 잘해서 한쪽으로 치우침이 없었다는 소리도 된다.

[구오야, 시간이 얼마 없다. 이대로 가면 못 이길 가능성이 커.]

쇼부의 귓말이 들어왔다. 확실히 쇼부의 말대로 수호상까지 가지 못하고 타임 아웃이 될 가능성이 컸다.

[형, 어쩔 수 없어요. 이제 제가 선두 지휘를 합니다.]

[뭐? 위험해!]

[위험하고 뭐고 없죠.. 전위 돌격대를 만들어 단숨에 적의 저지선을 뚫지 못하면 지니까요.]

[으음.]

구오의 말에 쇼부는 대답을 하지 못했다. 구오가 죽든 살든 이기지 못하면 결과는 같다.

구오는 대답을 기다리지 않고 나싱과 함께 전선의 앞으로 나섰다.

지휘관 기는 그 자리에 꽂아놓은 채였다. 주인을 잃은 대장의 깃발이 여전히 꼿꼿하게 서서 휘날리고 있었다.

"나싱, 잘 들어. 이번에 내가 나가면 나 혼자만의 힘으로는 살 수 없어. 공격을 조금이라도 분산시켜야 내가 버틸 수 있어."

"알았어요. 제가 먼저 나갈게요."

"응, 콰비크 쪽 사람들하고 서너 그룹을 만들어 먼저 치고,

그 뒤에 나싱이 나가. 마지막으로 내가 나갈 테니까."

"예."

구오는 과비크 용병들을 모아 그 뒤에 숨듯이 섰다. 자신이
전투에 뛰어드는 것을 조금이라도 적이 늦게 알기를 원했다.

전투라는 것은 끊임없이 몰아치는 파도와도 같다. 잘 보면
첫 번째 파도와 두 번째 파도 사이에는 잔잔한 부분이 있다.

구오는 그 틈을 노리기로 했다.

"지금!"

구오가 외치자 과비크의 용병들이 먼저 돌격을 감행했다.
아군 마법사들은 그들이 돌격하는 앞쪽으로 범위 마법을 날
렸다.

콰콰콰쾅—

"이놈들, 그 정도로는 여길 못 뚫는다!"

상대도 필사적이다. 악에 바친 적 지휘관의 고함 소리가 폭
발음을 뚫고 들려올 정도였다.

과연 적의 진형은 꿈적도 하지 않았다. 범위 마법을 몸으로
버텨내고 회복 물약과 힐러들의 치유 마법으로 바로 회복을
했다.

건재한 진형 앞으로 뛰어드는 과비크의 용병들은 수레바
퀴 앞에 버티고 선 사마귀와 비슷했다. 그들이 아무리 강하다
해도 진형을 찢어발길 힘은 없었다.

그런데 마키오의 진형에서 다시 한 번 범위 마법이 발사되었다.

콰콰콰콰쾅—

방금 전보다 더욱 강렬한 마법들, 그것은 콰비크의 용병들도 폭발 범위에 넣고 있었다.

콰비크의 용병들은 대부분 바바리언이라는 전사 특수 직업을 얻었는데, 직업의 특성상 마법에 대한 저항이 강하고 생명력도 일반 전사들보다 조금 더 많았다.

그들은 등에 불똥이 튀는 것을 아랑곳하지 않고 묵묵히 도끼와 창을 휘둘렀다.

생명력이 30% 이하로 줄었지만 회복 포션을 먹는 사람 하나 없었다.

"우리는 여기서 죽는다."

콰비크의 부대장인 우쿠타가 나직한 목소리로 중얼거렸다. 그들의 이번 임무는 여기서 죽는 것이다.

가능하면 끝까지 살아남아 승리의 함성을 지르고 싶었지만 구오의 명이 떨어진 이상 죽음을 두려워할 마음은 없다.

앞에서 급히 회복 포션을 마시려는 상대를 주먹으로 쳐서 쓰러뜨렸다.

앞서의 공격에서 회복 포션을 마셨기에 연속해서 마셔봐야 별 볼일 없는 것을 당황해서 잊어먹은 모양이었다.

한 명, 두 명, 세 명째 쓰러뜨렸을 때, 적의 장거리 공격이 우쿠타의 몸을 관통했다. 그것으로 생명력은 바닥이 나고, 몸이 회색으로 변해갔다.

"후훗, 그래도 재밌었다."

우쿠타는 미소를 지었다.

구오란 자의 지휘를 받아 싸우는 것은 제법 괜찮은 일이었다. 살짝 고개를 돌려보니 옆에서 과비크 최고의 전사인 모잠이 이쪽을 보며 살짝 손을 흔들었다. 그는 아직 더 싸울 수 있는 듯했다.

모잠의 경우 바바리언도 아닌 어쌔신이었는데 어떻게 범위 공격 속에서 잘 버텨냈는지 의문이었지만, 그것이 고수의 자격일지도 몰랐다.

나중에 무슨 스킬을 썼는지 물어봐야겠다.

우쿠타는 그렇게 생각하며 완전한 데드 상태가 되었다.

*　　　　*　　　　*

"지금!"

구오가 다시 외치자 나싱의 그룹을 비롯해 서너 그룹이 튀어나갔다. 그들은 쐐기처럼 과비크 용병들이 뚫어놓은 도쿤의 틈을 파고들었다.

"당황하지 말고 막아랏!"

도쿤의 지휘관이 외쳤다. 명령을 받지 않아도 도쿤 측 사람들은 냉정하게 대처를 했다.

하지만 그들은 나싱의 존재에 대해 충분한 주의를 기울이지 못했다. 2차 돌격대 중에 섞여 있는 단 하나의 진짜 날카로운 가시가 도쿤의 방어벽을 깊게 파고들 수 있었던 것이다.

"연속 공격!"

파사사삭―

나싱은 스킬을 쓰면서도 상대와 무기를 부딪치지 않았다. 힘에서 달리고, 생명력에서는 더욱 달린다는 것을 알기에 최대한 파고드는 데에만 집중했다.

그때 마키오의 세 번째 범위 공격이 전장을 덮쳤다.

"으, 이놈들이 정말 같이 죽자고 하는 거냐!"

도쿤 측 지휘관이 분노를 터뜨렸다.

상대가 분노하면 아군은 기뻐하는 게 전장의 상리, 마법사들은 더욱 신나게 범위 공격을 쏟아부었다.

아군이고 적이고 상관없다는 구오의 비정한 명령이 처음에는 조금 거슬렸지만, 여긴 게임이다.

정말 죽이는 것도 아니고 승리를 위해서라면 이 정도는 해야 한다고 다짐했다.

범위 공격이 양측의 접점을 빠짐없이 뒤덮었다.

그런데 딱 한 군데, 나싱이 파고들어 간 자리에는 공격형 범위 공격이 아닌 현혹이나 상태 이상형 마법만 들어가고 대미지형은 일절 없었다.

하지만 그게 오히려 더 무서울 수도 있다. 대여섯 개의 상태 이상 마법이 겹치듯 뿌려지니 어느 하나라도 안 걸릴 수는 없었다.

그런데 몇몇은 예외적으로 모든 상태 이상을 저항해 내었다. 그중 한 명이 나싱이었다.

나싱은 그녀가 차고 있는 오크 히어로의 팔찌의 능력을 사용했다.

버서커의 함성!

본인을 비롯한 주변의 오크들을 광전사 상태로 만드는 스킬이었다. 이걸 사용하면 머리를 쓰는 마법 계열의 스킬은 전혀 사용할 수 없지만 반대로 상태 이상 스킬에 대한 저항력이 비약적으로 높아진다.

가뜩이나 고 레벨인 나싱이 광전사 상태가 되니 모든 상태 이상 마법을 다 튕겨낼 수 있었다. 거기에 공격력도 증가하니 비틀거리는 사람들 때려잡기엔 그만이었다.

"하아앗!"

나싱은 나기나타를 바람개비처럼 돌리며 좌우전후를 사정없이 후려 팼다. 모두 평타였지만 피할 수 있는 사람은 없었다.

면도날로 비단을 찢듯 순식간에 도쿤의 대열이 좌악 찢겼다.

"잘한다!"

그 뒤를 바짝 따라붙으며 구오가 외쳤다.

구오 역시 상태 이상에 걸리지 않았다. 대장 출현 이벤트를 발동시킨 대장은 모든 상태 이상으로부터 면역 상태가 된다.

구오는 그것을 알기에 마법사들에게 자신을 중심으로 끊임없이 상태 이상 범위 마법을 날려달라고 지시를 내렸었다.

도쿤 측에서 그제야 구오가 전면에 나왔음을 알고 저놈 잡으라고 난리가 났다. 그런데 접근을 하는 자들 대부분이 핑핑하고 상태 이상에 빠졌다.

앞에 선 나싱, 뒤에 선 구오! 평소와는 다른 순서지만 둘의 호흡은 하나로 일치되었고, 그럼으로써 얻는 돌파력은 무엇보다 날카로웠다.

"저놈들에게 범위 공격을 쏟아부어! 장거리 공격도 집중시키란 말이다!"

도쿤의 지휘관이 악에 바쳐 고래고래 소리쳤다. 그러자 모든 격수들이 퍼뜩 정신이 든 얼굴로 구오에게 공격을 집중시키려 했다.

문제는 구오가 이미 도쿤 측 한가운데로 들어와 있다는 점이었다. 그리고 끊임없이 좌충우돌하며 움직이고 있었다.

범위 공격은 몰라도 저격형 원거리 공격은 거의 타깃팅이 불가능했다.

그래도 마법사들은 하나, 둘, 셋 하고 수를 세며 타이밍을 맞추어 범위 마법을 집중시켰다.

"오는군. 나싱, 이리 들어와."

구오는 나싱을 뒤에서부터 껴안듯 방패로 감싸며 웅크리고 앉았다.

"검의 노래! 레이디 보호!"

시리리링―

검이 울리는 소리와 함께 구오의 마법 방어력이 부쩍 상승했다.

또한 기사 전용 스킬인 레이디 보호에 의해 나싱의 마법 방어력도 같이 올라갔다. 나싱 본연의 방어력과의 시너지 효과로 오히려 나싱의 방어력이 구오보다 높게 되었다.

방패 방어 효과를 최대한 살리기 위해 머리 위로 방패를 올리고 웅크렸기에 거북이와도 같은 모양이 되었다. 그 위로 소나기가 떨어지듯 마법이 쏟아졌다.

콰콰콰콰콰콰쾅―

"크윽, 장난 아니네."

"오라버니, 저 죽을 것 같아요."

나싱은 구오의 레이디 보호 효과 아래 있었지만 아무래도 생명력에 큰 차이가 있었다. 급히 회복 포션을 꺼내 마셨지만 생명력이 빠지는 속도가 약간 늦춰진 정도였다.

"이번만 버티고 뒤로 빠져."

구오가 냉정하게 말했다. 그 역시 생명력이 절반 가까이나 빠져 회복 포션을 입에 물었다.

"알았어요."

나싱은 순순히 대답을 하고 마법이 약간 뜸해진 순간에 구오의 품에서 빠져나와 뒤쪽으로 몸을 날렸다.

그러면서 주변을 보니 구오를 중심으로 사방 몇 미터의 공간에는 아무도 살아남지 못했다.

구오는 나싱이 몸을 날림과 동시에 다시 앞으로 돌진했다. 마법을 맞아도 혼자 맞을 수는 없다.

그냥 멍하니 상대에게 거리를 둔 채 서 있으면 장거리 공격까지 날아올 수 있기에 이쪽도 필사적으로 적에게 붙어야만 한다.

"어엇, 이놈아. 저리 가!"

범위 공격을 몰고 다니는 구오의 존재는 죽음의 사신과도 같았다.

"내가 죽나 너희들이 죽나 보자."

구오는 웃으면서 앞에 있는 상대에게 외쳤다. 그 순간 다음 마법이 날아왔다.

구오는 살고, 앞쪽 상대는 죽었다. 원래 물귀신은 물에 빠져도 살지만 말려든 사람은 죽는 법이다.

"저놈은 불사신인가."

도쿤 쪽 지휘관은 믿을 수 없다는 표정으로 중얼거렸다. 그가 생각하기에 구오는 지금 죽어도 몇 번은 죽었어야 했다.

도쿤 쪽 지휘관은 구오의 엘븐 캐벌리어 전용 스킬인 검의 노래에 대해 알지 못했다.

그 스킬을 기공과 함께 사용할 시 구오의 마법 방어력은 남들의 몇 배나 되니 쉽게 죽을 수가 없다.

일단 혹 하고 한 방에 가지만 않으면 적절한 회복 포션 사용과 회피, 방어 등으로 좀비처럼 살아남아 끝까지 버틸 수 있는 것이다.

재미있는 것은 구오가 직접 상대를 죽이지 않아도 적의 범위 마법이 구오의 무기가 되었다는 점이다.

구오가 지나가는 곳에는 구오 이외에는 누구도 살아남기 어려울 정도로 공격이 집중되니 이것이야말로 적의 칼로 적을 친다는 말이 어울리리라.

그리고 그렇게 구멍이 뚫린 진형을 채 정비하기 전에 적당한 거리를 두고 마키오의 유저들이 파고들어 왔다.

"길마의 뒤를 따르자!"

"여기만 뚫으면 우리의 승리다!"

"계속 밀어. 우리가 밀어야 길마가 움직이기 좋아진다."

과비크 용병들이 목숨을 바쳐 진형을 흔들고, 구오와 나싱이 완전히 뚫어버리니 이제는 방어의 이점 따위는 전혀 없는 것이나 마찬가지가 되었다.

공격자의 이빨은 상대의 빈틈을 잔인하게 파고들어 급소를 무는 데 성공을 해버렸다.

한 번 물면 절대로 놓지 않는 것이 싸움의 상식. 진격의 길이 뚫리고 그것이 점점 벌어져 갔다.

구오는 아무리 바쁜 상황에서도 또 다른 눈으로 사방을 살필 수 있었다. 그것은 고수의 필수 조건 중 하나다.

"잘되고 있군."

구오는 미소를 지었다. 그의 계산으로 볼 때 이제는 시간에 맞출 수 있다. 이 전쟁은 승리할 것이다.

"그럼 이제 슬슬 빠져야지."

지금 죽으면 죽도 밥도 안 된다.

모험은 여기까지.

이제는 다시 뒤에서 대장의 깃발을 들고 떵가떵가 놀면서 승리를 기다리자.

구오가 그렇게 판단하고 뒤로 뺄 타이밍을 재고 있는데, 앞쪽에서 변화가 일어났다.

파도처럼 계속 들이닥치던 마법의 범위 공격이 한 타임 쉬었다. 그 바람에 도쿤 측의 공격수들이 죽지 않고 구오의 앞과 옆에 버티고 설 수 있었다.

"날 잡으려고?"

구오는 슬쩍 옆으로 이동하며 자신을 둘러싸려는 상대의 움직임을 벗어났다. 기본 움직임에서 구오의 순발력을 따를 사람은 거의 없었다.

"발목 묶기!"

휘리릭—

누군가가 구오에게 이동 방해 마법을 사용했다.

구오는 얼른 검을 휘둘러 땅에서 튀어나와 자신의 발을 묶는 나무뿌리 줄기를 끊었다.

공격 마법이 들어오는 상황이면 나무뿌리 줄기가 그 대미지로 바로 끊어져 버릴 터, 이걸 사용하는 것으로 보아 더 이상의 공격 마법은 없다고 봐도 된다.

이것으로 확실해졌다.

적은 일단 구오를 가두기로 한 것이다.

아군이 범위 마법에 당하기 싫은 마음에 구오에게서 어느 정도 거리를 둔 것을 적이 이용한 셈이다.

원래는 적이 죽는 것처럼 아군도 계속해서 죽으면서 구오의 뒤를 바짝 따라왔어야 했다. 하지만 그게 말처럼 쉽지는 않았다.

"길마가 잡히면 안 돼. 붙어!"

뒤쪽에서 아군 참모 한 명이 외치는 소리가 들렸다.

참으로 반가운 목소리다.

이렇게 빠릿빠릿하게 판단하는 참모는 전투에서 큰 역할을 한다.

"하압!"

구오는 기합을 지르며 몸을 날려 데구루루 하고 굴렀다. 몇 개의 스킬을 그냥 몸으로 맞았다. 연속해서 사방에서 발목 묶기 마법이 날아왔지만 구오를 멈추게 하지는 못했다.

"훗. 발목 묶기는 상대의 발이 땅을 디디고 있어야 걸리는 거다. 나처럼 몸으로 구르는 상대에겐 전혀 소용이 없지. 이게 걸리면 몸통 묶기지, 발목 묶기겠냐?"

구오는 가소롭다는 듯이 비웃었다.

이건 나싱과 둘이 사냥을 하다가 알게 된 사실인데, 괴물 지렁이는 발목 묶기 함정에 면역성이 있다는 이야기를 듣고 혹시나 해서 시험해 본 적이 있었다.

단지 이렇게 되기 위해서는 손도 땅을 짚지 않은 상태여야 한다. 손은 다른 말로 하면 앞발이기 때문이다.

구오는 허리와 등의 힘만으로도 하루 종일 땅바닥을 구를 수 있었다. 그냥 구를 뿐만 아니라 급하면 그 상태로 50㎝ 정도는 위로 뛰어오를 수도 있다. 갑옷을 입어도 큰 차이는 없다.

또한 이렇게 땅을 구르면 급할 땐 발을 이용해 상대의 공격을 막을 수 있었다. 보기에는 흉한데 의외로 효율적인 방어자세가 바로 땅을 구르며 사지를 다 쓰는 방식이었다.

단순히 방어를 위한 구르기만은 아니었다. 구오의 검과 방패는 그 와중에서도 적들의 발목을 걸리는 대로 때렸다.

퍼퍼퍼퍽―

"어억!"

발목 끊기라는 실전 기술이 시전되자 사람들은 모두 숭심을 잃고 넘어졌다.

"후후훗, 어떠냐? 나의 비기 나이트 롤링 스페셜!"

구오는 마치 자신이 아주 특별한 스킬을 사용한다는 듯 거창한 이름을 되는대로 외치며 그대로 계속 굴러서 마키오 측 사람들 사이로 들어가 버렸다.

정말 축구공처럼 통통 튀며 잘 굴러서 막을 수도, 멈출 수도 없었다.

안전한 무리의 뒤에서 벌떡 일어선 구오는 검을 검집에 넣으며 말했다.

"적의 진형을 완전히 무너뜨리세요. 2차, 3차 진형을 만들 기회를 주면 안 됩니다. 계속 뚫어요."

"으하하하, 염려 마쇼. 길마가 이만큼 작업해 놨는데, 이걸 못 밀면 우리가 죽어야지."

신이 난 공격 대원 중 하나가 크게 웃으며 답했다. 그러고 는 바로 적진 한가운데로 뛰어들어 가 죽을 때까지 싸웠다.

그 옆쪽으로는 나싱이 싸우고 있었다. 그사이 나싱이 생명 력을 완전히 회복하고 다시 공격에 가담한 것이다.

요령있는 사람은 죽지 않을 정도로 싸우다 물러나기를 반 복했지만, 무식하면서도 용감한 사람들은 그런 타이밍을 신 경 쓰지 않고 한 번 달려들어 죽을 때가 되면 그냥 죽어버렸 다.

병력의 손실은 몇 배나 되었지만 돌파력이 급증하는 이유 였다.

구오는 귓말로 당삼에게 현재의 상황을 전했다.

동쪽이 힘을 쏟고 있으니 서쪽도 같이 밀어붙여야 병력을 돌릴 여유가 없다.

[그래? 알았다. 염려 마라.]

당삼이 자신에 찬 목소리로 답했다. 생각보다 서쪽도 잘 진 행이 되고 있는 듯했다.

여유가 생긴 구오는 하늘을 보았다.

보라색 막이 쳐진 하늘은 구름도 보라색으로 보였다. 이제 저 보라색 막이 걷혀질 무렵에는 이곳의 주인이 바뀔 것이다.

　　　　　*　　　　*　　　　*

　큼직한 먹이가 제 발로 들어와 분탕질을 치고는 유유히 빠져나갔다. 먹이를 잡으려던 사람들은 헛물만 켜고 손가락을 빤다.

　정신이 들어보니 진형이 무너지고 형편없이 적에게 밀리고 있는 상황이었다.

　도쿤의 지휘관은 악몽을 꾸는 듯했다.

　서쪽을 지휘하고 있는 모모마루로부터 질책의 귓말이 왔다. 웬만해서는 작전 중에 수하에게 책임을 묻지 않는 모모마루가 이번에는 참을 수 없었던 모양이다.

　"으으, 어떻게 하지?"

　이길 수 있는 싸움을 지게 만든 책임은 크다. 일찍이 도쿤이 결성된 이후 이런 패배는 한 번도 없었기에 얼마나 큰 책임을 져야 할지 상상도 안 된다.

　지휘관의 얼굴이 미래에 대한 좌절과 공포로 물들었다. 자고로 패군지장은 죽음으로 책임을 져야 하는 법, 현대 사회라고 해도 그건 변하지 않았다.

　실제 죽는 건 아니지만 사회적으로 사실상 죽는 것과 같은 꼴이 될 가능성이 크다. 차라리 정말 죽는 게 나을 수도 있을 정도로 비참할 것이다.

다른 참모들도 마찬가지다. 동쪽이 뚫리면 그들 모두 미래가 없다고 봐야 한다.

가장 미운 것은 마키오의 수장인 구오다.

정말 꼭 중요할 때마다 나타나서 판을 흐린다. 이 전쟁은 구오, 저자 때문에 진 것이다.

지휘관들이 이를 갈고 있을 때에도 상황은 급격히 악화되고 있었다.

엄밀히 말하면 아직까진 양측의 병력 손실에 큰 차이는 없다. 하지만 그건 적이 아군을 섬멸하는 것보다는 뚫고 나아가는 데에 집중하고 있기 때문이었다.

"어떻게 하지?"

"무슨 수를 써야 합니다."

참모들의 의견이 분분하다.

이렇게 지휘부가 혼란에 빠지니 그 분위기가 아래쪽에도 전해졌다. 특별한 명령이 없으니 다들 생존을 목적으로 살살 물러나고 있었다. 사수해야 할 저지선이 저절로 벌어지는 중이었다.

그래도 지휘부는 패닉에 빠져 반전의 기회를 찾아야 한다고 부르짖으면서 오히려 패배를 더욱 가속화시키고 있었다.

　　　　　*　　　　*　　　　*

　해피보이는 바빴다. 그는 도쿤에 미련을 버리고 마키오에
몸을 담기로 했다. 그런데 생각해 보니 비빌 언덕이 너무 없
었다.

　해피보이는 얼른 자신이 아는 사람들에게 열심히 귓말을
보냈다.

　[다이모 형, 나 해피보인데요. 솔직히 형 도쿤 싫죠? 접때
형네 팀장한테 잘못 보여서 힘들고 더러운 일만 시킨다고 그
랬잖아요. 아직도 그래요? 저요? 저야 뭐, 잘 지내거든요.]

　[붕붕아, 형이다. 너 아직 데뷔 못했지? 너 언제까지 거기서
기다릴래? 형 믿고 이쪽으로 와라. 이쪽? 어디긴 마키오지.
쉿, 그건 비밀이고. 응, 여긴 아직 그런 게 없어. 그러니까 우
리가 첫 빠따야. 너랑 나랑 팀으로 가자니까. 그래, 미니도 불
러.]

　조직이 크면 재능과는 관계없이 인간관계가 꼬인 사람이
있게 마련이다.

　해피보이가 아는 사람들 중에서 도쿤의 실력자에게 별로
좋은 평가를 못 받은 사람이 꽤 있었다.

　꼬시면 넘어온다.

　해피보이는 그렇게 판단되는 사람들 중 입이 무겁다고 생

각되는 자들을 추려 열심히 귓말을 보냈다.

몇몇은 생각해 보겠다고 하고, 다른 몇몇은 잘되었다고 기뻐했다.

해피보이는 또 자신이 아는 다른 첩자들 중 마키오에 마음이 있는 사람들에게도 접촉했다.

그동안 마키오가 행한 일들은 첩자들을 감탄시키기에 충분했다. 그중에서 마지못해 일을 하던 자들은 마음속에 이미 갈등의 요소가 강하게 뿌리를 내리는 중이었다.

[그래요, 이건 배신이에요. 그게 어때서요? 하기 싫으면 안 하시면 되죠. 하지만 후환이 두려워서 그런 거면 잘 생각해 보세요. 도쿤은 당분간 마키오 못 건드려요. 지금 당장 보세요. 마키오가 이기고 있다고요. 채롯 성채는 이제 마키오 거라니까요. 예? 다음 달에 다시 빼앗긴다고요? 그건 그때 가서 봐야 알죠. 제가 보기에 마키오는 순순히 안 빼앗길 걸요.]

[그래요. 이제 도쿤 천하는 끝이에요. 마키오 천하라고요.]

독을 먹으려면 접시까지 먹어야 한다.

해피보이는 도쿤에 대한 배신 행위를 적나라하게 했기 때문에 이미 뒤가 없었다. 그런 만큼 한 명이라도 더 모아서 작은 세력이라도 구축해야 했다.

그런데 이러한 작업이 예상치 못한 결과로 나타났다.

해피보이의 꼬임에 넘어간 사람들이 자신과 친한 또 다른 사람에게 상담과 제의를 하고, 그게 점점 번져서 어느새 무시 못할 수가 되었다.

도쿤에 불만을 가진 사람은 의외로 많았다. 불만이 없는 사람보다 가진 사람이 많다고 할 수 있을 정도였다. 단지 지금까지는 힘에 눌려 마음이 있어도 말을 하지 못했을 뿐이었다.

한 번 분위기를 타자 계속해서 이반에 동의하는 사람이 생겨났다.

결국 이러한 제의가 동쪽 측의 참모 중 한 명에게로 전해졌다. 지휘부의 참모 중에도 불만이 많은 사람이 있었던 것이다.

[그럼 나보고 어떻게 하라는 거야?]

[뭘 어떻게 해요? 당당하게 전향 의사를 밝히고 형네 팀은 전장에서 빠지세요. 마키오 측에서는 다 받아준데요.]

[으음.]

참모는 살짝 눈을 돌려 다른 참모들을 보았다. 그들은 불안과 절망이 가득 찬 눈으로 전방에서 시선을 떼지 못하고 있었다.

백 번 봐도 상황이 변하는 것은 아닌데, 자신들의 죽음을 지켜보고 있는 것과 같았다.

참모는 진지하게 고민했다.

이대로 충성을 바치고 역사의 뒤안길로 사라질 것인가? 아니면 배신자로 욕을 먹어도 살아남을 것인가?

불만은 많았지만 배신자로 욕을 먹는 것은 싫었다. 그게 괴로웠다.

"어떻게 할 겁니까?"

고민을 하다 보니 자신도 모르게 말이 툭 튀어나왔다.

"무엇을 어떻게 할 거냐는 거지?"

모두가 고개를 돌려 그를 보았다. 참모는 약간 당황했지만 내친 김에 그냥 가슴속의 말을 털어놓았다.

"솔직히 우리 인생은 이제 좋 난 거 아닙니까? 그 사장이 우릴 용서할 리가 없다고 보는데 말입니다."

"그래서, 어쩌란 거냐? 배반하고 마키오 측에 붙기라도 할까?"

지휘관이 신경질적으로 내뱉었다. 그러다가 자신이 한 말에 놀란 표정을 지었다.

다른 참모들도 마찬가지였다. 오호, 그런 방법이, 하고 크게 관심을 보이는 자도 있었다.

처음 제의를 받았던 참모는 속으로 아싸 하고 외쳤다. 남의 입에서 먼저 배반이란 단어가 나왔으니 이제 욕을 먹어도 조금만 먹게 되었다.

"전 그냥 앞으로에 대해 묻고 싶었을 뿐인데요. 그런데 그것도 나쁘진 않잖아요?"

"으으음."

선택 사항이 하나 생겨 버린 지휘관과 참모부는 선뜻 말을 못하고 깊은 침묵에 잠겼다.

이걸 보면 도쿤에 목숨 바쳐 충성하겠다는 사람은 이 자리에 한 명도 없는 게 틀림없었다.

지금까지 도쿤은 소속된 사원들에 대해 '너희들이 나를 배반하면 어디로 가겠냐. 오직 파멸만이 있을 뿐이다'라고 생각해 왔기에 배반에 대한 단속을 할 생각도 안 했다.

사람들 역시 도쿤을 배반하면 일본을 떠나야 한다고 생각했기에 그 단어를 머릿속에서 떠올리지 않았다.

하지만 이제는 다르다. 다른 강자가 도쿤에게 도전을 해왔고, 당당하게 본성을 쳐서 먹기 직전이다.

현실에서도 도쿤은 마키오에 대해 무엇인가 작업을 하려다가 전면 취소를 했다. 하라타 사장이 갑자기 병원에 입원을 했다는 소문도 있었다.

어쩌면 마키오는 도쿤 못지않은 실력자가 개입되어 만들어진 조직일지도 모른다.

이판사판! 도쿤에서 미래를 찾지 못하면 전향을 하는 게 옳지 않을까?

"하기야 지금 세상이 봉건주의도 아닌데, 업무에 실패했다고 문책을 받는 건 몰라도 장래가 아예 막히는 건 좀 너무해."

한 참모가 작은 목소리로 중얼거렸다.

처음 제의를 받은 참모는 분위기가 무르익었음을 깨닫고 얼른 자신에게 제의를 한 사람에게 이 상황을 전했다.

그러자 곧 사람을 타고 전달되어 해피보이에게 도달했고, 해피보이는 왔구나, 하고 속으로 함성을 외치며 구오에게 귓말을 전했다.

[형, 제가 작업을 좀 했는데요.]

[잉? 무슨 작업? 전쟁 중에 칼질하는 것 말고 또 다른 작업이 있나?]

[어허, 이거 왜 이러세요. 저 같은 일급 샤방샤방 첩보원은 항상 암중 작업을 하게 되어 있다고요.]

[그래서? 빨리 말하지 않으면 귓말 차단한다.]

[동쪽 지휘부가 이쪽에 전향할까 고민 중이에요.]

[헛, 정말이냐?]

[예. 저놈들 여기서 지면 그 책임을 져야 하는데, 그럼 도쿤에선 미래가 없거든요.]

[쯔쯔, 하긴 암울하겠지.]

[그러니 형이 살짝 달래서 적당한 제시만 해도 넘어올 것 같은데요.]

[음, 그러냐?]

해피보이의 말은 워낙 뜻밖이라 구오는 잠시 고민을 해야 했다. 구오도 배신을 좋아하는 성격은 아니었다.

한 번 배신한 자는 또 배신을 한다.

"아니지, 그런 관점에서 생각하면 안 된단 말이야. 이건 경쟁사끼리 우수 사원을 헤드헌팅하는 거라고."

도쿤에서 쇼부를 헤드헌팅하려고 했던 적이 있다. 마키오에서 도쿤 사람을 그러지 말라는 법은 없다. 하지만 배신은 안 좋다. 그러면 나중에 이쪽에서 할 말이 없어진다.

"좋아."

구오는 생각을 굳히고 해피보이에게 말했다.

[지금 전향을 하는 건 옳지 않다고 본다. 하지만 이번 전투가 끝난 후, 그때 전향을 하겠다면 실력에 따라 우대해 주겠다고 전해라.]

[예? 전투가 끝나고요?]

[그래, 이번 전투까지는 무조건 도쿤을 위해 최선을 다해 싸운다. 이게 내 조건이다. 내 생각대로라면 전투가 끝난 후에 저 사람들은 도쿤으로부터 버림을 받을 거야. 안 그래?]

[그럴 가능성이 크죠.]

[그때 이쪽으로 오면 되잖아. 그럼 배신이랄 것도 없이 깨끗하지.]

[에, 그래도 지금 바로 싸움을 멈추고 뒤로 빼라고 하는 게 더 좋지 않아요?]

[오버하지 마라. 그냥 싸워도 우린 이길 것 같으니까 말이야.]

[흐, 알았어요. 그렇게 전할게요.]

해피보이는 구오의 말을 그대로 도쿤 쪽 사람에게 전했다. 그러자 도쿤 쪽 사람들은 과연 마키오의 구오라고 크게 감탄했다.

구오의 말대로 하면 적어도 전투 중에 배신했다는 불명예는 피할 수 있었다.

구오는 상대 지휘부를 보았다.

확실히 이제는 싸우겠다는 투지가 별로 보이지 않았다.

구오의 말대로 그들이 도쿤을 위해 최선을 다해 싸운다고 해도 그건 어디까지나 표면적인 것일 뿐, 발악적인 모습은 보일 수 없다. 그들에게는 이미 미래가 있는 것이다.

결코 저들을 만만히 보아서는 안 된다.

도쿤이 버린다 해도 그들 대부분은 전국구 실력자다. 전투 병력의 조직화에 대한 노하우도 많을 것이다.

물론 이중첩자나 재배반의 위험이 있다. 그 부분에 대해서는 쇼부와 잘 상의해서 대비를 해야 할 터였다.

"후훗, 생각지도 못한 전리품이군."

인재는 언제나 부족하다. 구오는 입가에 미소를 지었다.

시간이 흘렀다. 구오의 예상대로 승부는 그대로 굳어져 동쪽 공격대는 도쿤의 진형을 둘로 가르고 중앙 광장으로 뚫고 들어갔다.

현실에서의 전쟁이었다면 둘로 나뉜 적들을 앞과 뒤에서 협공하여 하나씩 각개격파하는 게 상식이다. 그러나 지금은 더 지존의 영주전을 하고 있는 상황, 시간제한이 있고 승부 결정 방법도 현실과는 다르다.

마키오의 동쪽 공격대는 수호상에 도달했다. 그러자 전체적으로 싸움이 멎었다.

승부가 난 것이다.

구오는 두터운 호위를 받으며 천천히 걸어서 수호상 앞으로 나갔다. 반대편에서 모모마루가 걸어오는 모습이 보였다.

모모마루는 정중하게 구오에게 인사를 하고 말했다.

"최선을 다했지만 저희가 졌습니다. 조금만 기다리시면 길드 마스터인 키리칸님이 나와 정식으로 항복할 것입니다."

마키오의 공격권에 수호상이 노출된 이상 더 이상의 싸움은 위험하다. 악에 받친 마키오가 수호상을 부술 경우엔 도쿤이 그동안 투자한 막대한 자금과 수많은 노력이 모두 가루가 되어버린다.

차라리 한 달간 마키오에게 채롯 성채의 권한을 양도하고, 다음 달에 다시 전쟁을 하는 것이 옳다.

그사이 협정을 맺어 평화적으로 양도받을 수도 있지만 어쨌든 이번 달에는 마키오에게 넘기기로 결정이 난 것이다.

모든 사람들이 전투를 멈추고 상황을 지켜보고 있었다.

당삼과 쇼부는 벌써부터 구오에게 축하 귓말을 보내는 중이었다.

그들뿐만 아니라 순식간에 수백 개의 귓말이 날아와 절친 목록에 있는 사람들 말고는 누가 누군지도 모를 지경이었다.

승리!

그것은 정말 달콤하다. 특히 채롯 같은 도시의 권한을 1개월이나마 보유한다는 것은 엄청난 이득을 볼 수 있다는 소리이기도 하다.

구오는 모모마루의 말에 살짝 목례를 한 후에 대답했다.

"죄송하지만 저희는 다음 달에 이곳 채롯 성채의 방어를 할 여력이 없습니다. 왜냐하면 다음 달 영주전 기간에는 달튼 시티를 공격할 계획이기 때문입니다."

"그런!"

모모마루는 구오가 만인들 앞에서 대놓고 선언하자 놀라서 제대로 말을 잇지 못했다.

달튼 시티, 그곳은 도쿤이 보유한 세 개의 도시 중 하나로 채롯보다는 좀 떨어져도 도쿤의 중요한 거점이라고 할 수 있었다.

채롯이 함락되면 달튼이 바로 도쿤의 최고 거점이 될 터였다.

그런데 구오가 다음 달엔 달튼을 치겠다고 선언한 것이다.

모모마루가 당혹함에서 깨어나기 전에 구오는 얼른 자신의 할 말을 했다.

그것은 모모마루를 보며 하는 말이었지만 사실은 도쿤보다는 마키오와 다른 연합 길드들에게 호소하기 위한 준비된 연설이었다.

"우리 마키오를 비롯한 연합 길드는 세는 강하지만 명령 체계가 통일되지 않아 치밀한 조직 연계를 필요로 하는 방어전에는 적합하지 않습니다. 만약 우리가 이곳에 머물러 다음 달에 방어전을 치른다면 틀림없이 도쿤에게 패할 것입니다. 그러면 그 뒤에는 일진일퇴가 거듭되는 공방전 속에서 연합 길드 체제는 이해관계의 차이에 의해 서서히 분열될 수밖에 없습니다."

"……."

"지금 우리 연합 길드의 강점은 세가 강하고 사기가 높다는 점입니다. 즉, 공격을 하기에 최적의 상태이지만 인내와 결속을 필요로 하는 방어에는 큰 도움이 되지 않습니다."

"그래서 어떻게 하자는 겁니까?!"

누군가가 외쳤다. 원래 마키오 길드원은 아니다. 구오의 기억이 맞다면 다크 크로스 길드의 간부였던 것 같다.

블랙윈이 이끄는 다크 크로스는 원래 서북 길드 연합의 수장이었는데, 지금은 구오의 가장 친밀한 우호 세력이었다.

구오는 눈치 빠르게 추임새를 넣어준 상대를 미소 띤 얼굴로 한 번 보고는 장단을 맞추어 대답했다.

"우리는 채롯 성채를 얻기 위해 모인 것이 아닙니다. 바로 도쿤과 싸우기 위해 모였습니다. 목표는 도쿤이지, 채롯이 아닙니다. 그런 만큼 우리는 다음 달에 달튼을 공략하고, 그다음 달에는 키모스를 쳐야 합니다. 한 번 공격을 시작하면 목표를 완전히 분쇄할 때까지 멈출 수 없습니다."

거기까지 말하자 모모마루는 참을 수 없다는 듯 분노한 음성으로 외쳤다.

"으으, 구오님은 끝까지 우리 도쿤과 적대하겠다는 것이오? 생사결단을 내지 않으면 멈출 수 없다고?"

모모마루는 기가 막혔다.

구오의 말에는 도쿤의 모든 것을 위협하는 내용이 들어 있었다. 적당히 싸우고 타협하고 하는 수준이 아니었다.

전에 현피 문제 때문에 만났을 때에는 그다지 적의를 보이지 않았던 구오다.

게임에서의 문제를 현실에서 적용하지 말자고 조용히 제안했던 구오였다.

그래서 도쿤은 마키오를 인정하고 어느 정도의 권익을 나눌 생각도 했다. 마키오를 회유하여 통째로 집어삼키는 게 낫다는 결론을 내린 것이다.

특히 키리칸 사장은 귀신까지 부리는 구오를 어떻게든 구워삶아 친도쿤 인사로 만들겠다고 말하기까지 했다.

그런데 이제 모든 것이 틀어졌다. 상대는 그렇게 적당히 어떻게 되는 존재가 아니었다.

채롯, 달튼, 키모스는 현재 도쿤이 장악하고 있는 세 개의 도시이다. 이들을 모두 쳐서 빼앗는다는 것은 도쿤의 숨통을 끊어놓겠다고 하는 말과 다름이 없었다.

당연히 도쿤이 화를 내는 것도 무리는 아니었다.

구오는 여전히 입가에 미소를 지으며 말했다. 이미 구오는 모모마루가 아닌 마키오 길드 사람들에게 말을 하고 있었다.

"우리 마키오가 서북쪽에 조그만 마을 하나에 만족하며 변경 개척과 모험에 집중할 때, 우리의 숨통을 끊으려 한 것은 바로 도쿤입니다. 그것도 정당하지 않은 방법까지 동원했기에 우리 마키오는 어둠 속에서 보이지 않는 적과 싸우는 심정으로 인내하며 버텼습니다. 그때 버티지 못했다면 지금 마키오의 이름이 남아 있겠습니까? 남을 죽이려고 한 자는 스스로 죽을 각오도 해야 합니다."

"옳소!"

이번에는 마키오의 길드원이 외쳤다. 초기 멤버로 구오의 말을 듣다 보니 그때의 감정이 되살아났나 보다.

"우리가 지면 죽고, 도쿤이 지면 도시 하나 잃고 끝나는 그런 싸움은 할 수 없습니다. 당연히 도쿤이 지면 도쿤이 죽어야 합니다."

"……."

사실 그렇게 극단적인 사람은 많지 않았다. 사람들의 얼굴에 나타나는 표정은 모두 달랐다.

구오는 다시 말했다.

"저도 이렇게까지 하고 싶지는 않습니다. 하지만 이미 호랑이 등에 올라탄 형국으로 도쿤을 완전히 이기지 못하고 한때의 작은 승리로 만족한다면, 1년 뒤에 우리들 중에 마음 편히 게임을 할 수 있는 사람이 있을까요? 도쿤이 다시 힘을 얻은 후 우리를 그냥 놔둘까요? 여러분이 지금까지 본 도쿤이 약자에게 아량을 보이고 신용을 지키는 그런 조직이었습니까?"

웅성웅성.

구오가 거기까지 말하자 과연 사람들은 저마다 주변 사람들과 이야기를 나누며 고개를 끄덕였다.

채롯 성채를 먹어봐야 한 달.

다음 달에는 도쿤에게 다시 빼앗길 가능성이 크다. 그건 웬

만한 사람들은 다 예상할 수 있는 당연한 결과였다.

그사이 마키오는 어떻게 될까? 마키오뿐만 아니라 일시적으로 마키오에 가담하여 힘을 보탠 다른 길드들은?

도쿤이 죽지 않으면 내가 죽는다. 죽을 수밖에 없다.

사람들의 눈빛이 변했다.

상황을 인식하고 구오의 말대로 절대 도중에 물러설 수 없다는 것을 깨달아 버렸다.

구오는 약간 강한 목소리로 쐐기를 박듯 말했다.

"지금처럼! 기적적인 일시적 우세를 얻었을 때 승부를 내야 합니다. 타협은 없습니다! 목표한 바를 이룰 때까지 뒤를 돌아봐서는 안 됩니다! 우리의 목표는 채롯 성채 도시가 아니라 도쿤입니다!"

"와아아아아아—"

사람들이 함성을 질렀다.

이미 그들은 반대편에서 당황한 표정을 짓고 있는 모모마루와 도쿤의 잔당들 따위는 눈에 들어오지 않았다.

그들의 눈에는 구오가 높이 쳐든 칼이 담겼고, 머릿속에는 귀를 통해 들어온 구오의 말이 각인되었다.

함성은 계속해서 끊이지 않았다. 구오는 속으로 공성전 제한 시간이 거의 다 되었다고 생각하고는 큰 목소리로 외쳤다.

"도쿤을 완전히 분쇄할 때까지, 우리에게 방어는 없습니다. 방어할 여력도 없습니다. 전력으로 밀어붙일 뿐입니다. 그렇기에 우리에겐 이 채롯 성채 도시는 필요가 없습니다. 오히려 있으면 해가 되는 것입니다."

"부숩시다!"

쇼부가 외쳤다. 구오의 의도를 알아차리고 응원하듯 끼어들었다.

"도쿤의 성이나 도시 따위는 다 부수고, 새로운 도시를 건설합시다!"

다시 몇몇 사람들이 외쳤다.

반대편에서 모모마루가 몸을 부들부들 떨며 외쳤다.

"으으, 이건 미친 짓이야!"

상대가 미친 짓이라고 하든 말든 사람들은 상관하지 않았다. 어떻게 보면 그들은 자신들이 살짝 미쳐 있음을 마음속으로 인정했다.

미쳐야 이길 수 있다. 미쳐야 모든 이해관계를 떠나 하나로 뭉칠 수 있다.

미쳐야 성공하고, 미쳐야 강하다!

"부대 앞으로! 목표는 수호상, 철저하게 파괴한다."

마침내 구오가 명령을 내렸다.

모든 공격수들이 무기를 겨누고 수호상을 노려보았다.

도쿤은 그 모습을 절망과 좌절의 눈으로 바라보았다.

한때는 모든 사람을 공포에 떨게 하고 일본의 게임 세계를 지배하던 그들이 이제는 사냥감이 되어 떨게 된 것이다.

"막앗! 막으란 말이다."

모모마루가 발악적으로 외쳤다.

다시 전투가 시작되었다.

하지만 이미 장거리 공격의 사정거리에 수호상이 들어와 있는 상황이었다.

마키오의 공격수들과 마법사들은 도쿤이 아닌 수호상 파괴의 임무를 받았고, 그걸 착실하게 수행했다.

잔혹해 보일 정도로 냉정하게 도시의 중추를 완전히 부수어 버렸다.

쿠쿠쿠쿠쿠쿠쿠.

수호상이 파괴되자, 주변의 건물들 중 커다란 것들은 모두 무너져 버렸다. 마을에 허용되지 않은 규모의 건축물은 자동적으로 철거가 된 것이다.

도쿤이 상징으로 삼던 콜로세움 역시 사라지고 잔해만 남았다.

순식간에 도시가 사라지고 마을만 남았다.

그것은 상당한 장관이었다.

파괴의 미학.

이렇게 부수긴 쉽지만 다시 도시로 되돌리려면 모든 건물을 다시 지어야 한다.

잠시 후, 기존의 수호상의 잔해로부터 새롭게 작은 수호상이 하나 생겨났다.

> 띠링, 마키오가 도시의 수호상을 파괴함으로써 채롯 성채 도시는 사라지고 채롯 마을이 되었습니다.

> 띠링, 마키오가 도쿤을 상대로 한 영주전에서 성공하여 채롯 마을의 지배권을 획득했습니다.

잇달아 몇 개의 메시지가 떠올랐다.

구오는 복잡한 심경으로 그것을 보며 중얼거렸다.

"전쟁의 결과는 파괴와 정복이다. 도쿤, 이제 너희는 이번 일이 장난이 아니라는 것을 알았겠지?"

전쟁은 서로 죽고 죽이는 것이지, 한쪽만 죽을 수 있는 전쟁은 전쟁이 아니다.

구오는 도쿤에게 진짜 전쟁을 걸었다.

CHAPTER 05
독재마인 출두

WAR 워로드구오
LORD

도시는 사라졌지만 땅은 남았다.

마을 근처는 완전히 평야로 변했는데, 2만 명이나 되는 마키오 측 유저들은 마을로 들어가지 않고 저마다 간이 숙소를 만들어 야영을 했다.

그중 가장 큰 막사에는 마키오의 간부들이 모여 회의를 하고 있었다.

비단 마키오뿐만 아니라 전쟁을 위해 임시로 가입한 다른 길드의 사람들 중 대표성을 지닌 사람들도 모였다.

구오는 그 사람들 앞에서 정식으로 연합의 제의를 했다.

"아는 분은 아시겠지만 우리 서북 지역의 길드들은 서로 연합을 결성해 사이좋게 지내왔습니다. 이번 일이 아니면 쟁을 할 필요도 없었고, 하려고 하지도 않았을 것입니다. 하지만 일이 이렇게 된 이상 끝까지 싸울 수밖에 없습니다. 도쿤과 결착을 설 때까지 마키오는 멈추지 않을 것입니다."

도쿤과의 결착.

이전에는 상상도 할 수 없었던 일이다.

이 자리에 모인 다른 길드의 사람들은 도쿤과의 악감정이 있는 사람이 대부분인데, 그러면서도 도쿤의 힘에 억눌려 저항의 의지도 내세우지 못하고 숨어 살아야 했던 자들이었다.

그런데 마키오가 하겠다는 말은 왠지 믿음이 갔다.

지금까지 마키오는 많은 불리한 상황에서도 기적적인 승리를 이루어내었다. 상식적으로 이해하기 어려운 부분도 있었지만 어쨌든 결과는 마키오의 승리였다.

따라가자.

사람들 대부분은 마음속으로 그렇게 정했다. 이미 그들의 마음속에 마키오는 도쿤과 동격이었다.

일본인의 특성상 한 번 승복하면 그다음부터는 정말 잘 뭉친다. 대부분이 집단을 위해 어느 정도 희생할 각오를 하고 우직할 정도로 성실하게 힘을 모은다.

또한 의문이 있어도 굳이 이해하려 하지 않고 일단 따른다.

"알겠습니다. 그럼 우리는 어떻게 하면 좋겠습니까?"

다크 크로스 길드의 길드장인 블랙윈이 물었다.

서북 연합의 수장을 맡고 있는 블랙윈은 암묵적으로 마키오를 제외한 연합의 대변인이 되어 있었다.

구오는 블랙윈을 보았다.

"한 번 크게 싸웠으니 이제는 전투에서 얻은 경험을 소화시켜 자신의 것으로 해야 합니다. 다음 달의 전투전까지 적어도 한 번의 모의 전투를 벌일 생각입니다. 협조해 주시기 바랍니다."

"그런 것이라면 자금과 인원 모두 적극 협력하겠습니다."

"그리고 이건 블랙윈님께 부탁드리는 건데, 여기 채롯 마을에서 나오는 이익을 참가한 사람들 모두에게 적절히 나누는 것을 담당해 주셨으면 합니다. 예전과는 비교할 수 없겠지만 그래도 지리적 요충지이고 근처에 던전도 있으니 수익이 적지는 않을 것입니다."

구오의 말에 블랙윈이 의외라는 듯 물었다.

"채롯 마을은 마키오의 소유이니 마키오에서 관리하는 게 낫지 않겠습니까?"

"이미 우리 길드 내부에서는 이야기가 끝났습니다. 앞으로 도쿤과의 싸움에서 얻는 영지에 우리 마키오의 지분은 없는 것으로 하겠습니다. 마키오는 이미 가치를 헤아리기 어려울 정도로 많은 것을 얻었으니 이런 물질적인 것은 도와주신 분들께 드리고 싶습니다."

"으음, 정말이십니까?"

"진심입니다. 그렇기 때문에 채롯 마을의 운영에서도 손을 떼겠다고 말씀드리는 것입니다. 블랙원님께서는 마을의 수익을 투명하게 사람들에게 공표하고 그것을 분배해 주시기 바랍니다."

구오가 재차 말하자 블랙원뿐만 아니라 다른 사람들도 오호 하는 눈빛으로 구오를 보았다.

마키오가 이렇게 많은 것을 포기한다면 당연히 그들로서는 환영할 만한 일이었다.

원래 마키오가 채롯 성채 도시를 부수어 마을로 만든 점에 대해 불만을 가진 사람들도 조금은 있었다. 당장 그들에게 돌아올 몫이 줄어든다고 생각했기 때문이다.

하지만 구오의 말을 들어보니 불만을 가질 수도 없게 되었다. 그리고 구오가 말한 마키오가 얻은 많은 것에 대해서도 다시 한 번 생각하게 되었다.

자신도 모르게 고개가 끄덕여졌다.

확실히 마키오는 자신들의 중심이 될 자격이 있다는 생각이 들었다. 이런 생각이 드는 것 자체가 마키오가 얻은 가장 큰 이득임이 틀림없었다.

사람들의 눈치를 한 번 보고는 분위기가 좋다는 것을 깨달은 블랙원은 입가에 미소를 지으며 대답했다.

"알겠습니다. 구오님의 호의를 받아들여 최대한 공평하게 수익을 분배하도록 하겠습니다."

이것으로 한 가지 일이 결정되었다. 블랙원은 내친 김에 구오에게 물었다.

"그런데 도쿤을 정리하고 나면 마키오의 본거지를 이곳 채롯이나 달튼으로 옮기는 것이 좋지 않겠습니까? 지금의 거점은 너무 변방이라 반 제국을 대표하기엔 조금 무리가 있습니다."

"오, 맞는 소리입니다. 앞으로 마키오가 우리들을 이끌 것이라면 마땅히 중앙으로 거점을 옮기셔야 합니다."

"제국에서도 마키오라면 인정할 것입니다. 이번 전투로 마키오는 엄청난 명성 수치를 얻지 않았습니까? 어쩌면 정식 기사단으로 발족이 가능할지도 모르겠습니다."

"그러지 말고 이참에 정식으로 반 제국 모험가 연합을 만드는 것이 어떻겠습니까? 초대 연합장으로 구오님을 추대하고 말입니다."

사람들의 분위기가 장난이 아니다.

이미 적지 않은 이익 분배를 약속받은 셈이기에 당연히 구오와 마키오에게 보답을 해야 한다고 생각하는 듯했다.

적어도 도쿤보다는 마키오가 다른 연합들을 잘 챙겨주고 대우해 줄 것만은 틀림이 없었다.

마키오 자체의 힘은 그렇게까지 큰 것이 아니다. 연합이 있기에 최강의 마키오가 아니겠는가.

기분과 의리, 이해타산이 모두 일치하니 사람들의 의견 조율이 너무나도 쉬웠다.

순식간에 반 제국 모험가 연합이 탄생하게 되었다.

구오는 웃으면서 대답했다.

"저를 그렇게 인정해 주시니 어떻게 감사를 드려야 할지 모르겠습니다. 하지만 여러분들께 지금 말씀드리는 것이지만 마키오는 거점을 옮길 생각이 없습니다. 어쩌면 이 전쟁이 끝난 후에는 마키오를 해체시킬지도 모릅니다."

"예? 어째서입니까?"

마키오의 해체라니? 꿈에서도 생각지 못했던 말에 누구 할 것 없이 모두 놀랐다. 천하를 얻었는데 해체라니 말이 되는가?

어떤 사람은 구오가 농담을 하는 줄 알고 웃는 표정을 지었다.

그러나 구오는 차분하면서도 진지하게 말을 이었다.

"애초에 마키오는 길드원들의 친목과 서로 협력하여 모험을 즐기자는 취지 아래 만든 길드입니다. 일이 애매하게 꼬이는 바람이 여기까지 왔지만 기본 구성 자체가 대형 길드에 맞지 않고, 또 길드의 간부들도 프로 급이 아닙니다. 그야말로 마키오는 제국의 변방에서 즐겁게 개척을 하기에 적당하지, 제국 전체를 놓고 전쟁을 하기엔 모자란 점이 많습니다."

"그거야 조직 구성을 바꾸면 되는 것 아닙니까? 간부 급 인재야 얼마든지 새로 영입할 수도 있고 말입니다."

"그 말씀도 틀리진 않습니다. 그러나 또 다른 두 가지 문제가 있습니다. 한 가지는 제가 외국인이라는 점, 다른 한 가지는 지금 마키오가 전쟁을 하면서 도시를 파괴하여 제국의 발전에 악영향을 끼쳤다는 점입니다."

"으음."

"제국의 발전에 악영향이라……."

"그렇습니다. 우리가 이기기 위해서는 도쿤이 개발한 도시를 파괴해야 합니다. 적어도 다음 도시인 달튼까지는 파괴를 해야 도쿤이 반격할 여지를 안 주고 계속해서 밀어붙일 수 있다고 저는 판단하고 있습니다. 하지만 이건 결코 좋은 일이 아닙니다. 일종의 패도나 다름없습니다. 외국인인 제가 이끄는 마키오라는 길드가 반 제국의 발전에 해를 끼치고 있는 것입니다."

"……."

"마키오는 공격을 받고, 싸웠습니다. 싸움을 시작한 이상 항복할 마음도 없고, 질 마음도 없습니다. 하지만 일단 싸움이 끝나면 누군가는 파괴에 대한 책임을 져야 합니다. 이에 저는 정식으로 제국에 마키오의 해체를 선언하는 것이 가장 좋지 않을까 하고 생각하고 있습니다."

"……."

아무도 구오의 말에 대답을 하지 못했다.

다른 사람이 이기는 것이 들뜨고, 이길 수 있다는 희망에 가득 차 있을 때, 그들의 앞에 서 있는 구오란 자는 싸우는 도중에 생긴 일들에 대한 인과관계를 고민하고 있었다.

그들이 손익계산을 할 때, 구오는 이긴 자의 권리가 아닌 이긴 자의 책임을 지겠다고 말하고 있다.

"그렇다면 정말 마키오를 해체하겠단 말씀이십니까?"

"그럴 것입니다. 원래 마키오가 있던 자리에는 제가 아닌 당삼 형이 새롭게 길드를 꾸미기로 했습니다. 원래 마키오가 지향했던 길을 가는 즐거운 길드일 것입니다."

구오가 거기까지 말하자, 당삼이 일어나 대화의 바통을 이어받았다.

"제가 바로 당삼입니다. 저도 구오에게 뜻밖의 말을 들어 놀랐지만, 충분히 논의한 결과 기꺼이 받아들이기로 했습니다. 물론 우리 길드도 반 제국 모험가 연합에 가입할 것입니다. 하지만 그렇다고 해서 연합장 자리에 나서지는 않겠습니

다. 연합의 회원으로서 연합에 충실히 협조한다는 것만은 약
속드릴 수 있습니다만."

한 사람이 손을 들고 구오에게 질문을 했다.

"그렇다면 이후 연합의 수장은 누가 합니까? 구오님께서
따로 생각한 분이 안 계시다면 저희가 투표로 결정을 해야 하
는 것입니까?"

"그 점에 대해서는 아직 따로 생각한 바가 없습니다. 일단
은 도쿤과의 결착을 최우선으로 하고, 그사이 자연스럽게 모
두의 인정을 받는 길드가 나오길 바랍니다."

"오, 그것 나쁘지 않군요."

사람들의 눈빛이 반짝반짝 빛났다. 전쟁에서 공을 세운 길
드가 차후 연합의 중심이 된다.

이건 누가 봐도 말이 된다.

원래 적임자인 마키오가 수장의 자리를 포기했으니 심판
도 정해진 셈.

길드 연합이 생기고, 그 수장이 된다면 당연히 적지 않은
이익을 보게 될 것이다.

"좋습니다. 도쿤과의 싸움에서 전과를 올린 길드가 주요
포스트를 얻는 것으로 합시다."

블랙윈이 못을 박았다. 그러자 너도나도 동의를 했다.

구오는 고개를 끄덕이며 웃는 얼굴로 말했다.

"그럼 그렇게 하는 것으로 합시다. 하지만 단순히 공적만 따지면 안 됩니다. 전체 작전 수행도에 따라 결정을 해야 합니다. 여러분들께서 믿어주신다면 저희 마키오가 일차 판정을 하겠습니다."

"그야 말할 것 있겠습니까? 부탁드리겠습니다."

"일차 판정으로 후보를 정하고, 그 뒤에는 여러분들의 투표로 뽑겠습니다."

"그게 좋겠습니다."

최종 결정을 마키오가 하지 않겠다는 말에 사람들은 더욱 안심했다. 구오의 말에는 성의와 공정성이 있었기에 신뢰감을 주기에 충분했다.

반대하는 사람이 없자 구오는 사람들을 한 번 둘러보고는 말했다.

"그럼 이만 회의를 끝내겠습니다."

자리에서 일어서는 사람들을 보며 구오는 미소를 지었다.

분위기가 좋다. 이제 야망이 있는 대형 길드들은 도쿤과의 전투에 전력을 투입할 것이다.

지금까지는 적극적으로 도와준 길드라 하더라도 전투 부대 한두 개 지원해 준 정도였다. 대부분의 길드는 도쿤에 대한 불만이나 경험을 쌓기 위한 이유로 신분을 감춘 채 참전했다.

하지만 이제는 다르다.

마키오가 승리를 함으로써 도쿤이 결코 무적이 아니라는 것을 증명했고, 또 이익을 포기함으로써 다른 길드들에게 목숨을 걸고 뛸 이유를 제공했다.

도쿤이나 마키오가 아닌 자신들이 향후 반 제국의 주도권을 쥘 수 있다고 생각한 순간 그들은 모험을 할 용기가 생긴 것이다.

대형 길드들이 정식으로 참전을 밝히고, 친분이 있는 다른 길드들을 끌어들이면 세력의 확장은 금방이었다.

여기에 개인 유저들을 무시하지 않고 적은 이익 분배나마 보장한다면 반 제국 내의 여론과 인심이 완전히 이쪽으로 기울 가능성이 크다.

'지금까지는 불리함을 극복하는 싸움이었다. 하지만 일단 승기를 잡은 이상, 완벽하게 밀어붙여 주겠다, 도쿤.'

구오는 적에게 자비를 베푸는 성격이 아니었다.

이기고 있다고 방심하는 성격도 아니다. 불리할 때에도, 유리할 때에도 항상 집중한다. 그것이 항상 이기는 법이라고 구오는 믿고 있었다.

*   *   *

한국.

하이엔드 길드의 가상 오피스 사무실에서는 독재마인 마영운과 다른 간부들이 모여 있었다.

원래대로라면 접속을 하는 대로 바로 더 지존에 들어가 피케이를 하러 나갔겠지만 오늘은 조금 다른 일이 있었다.

마영운이 소파에 자리를 잡고 앉은 채 말했다.

"시작해 봐라."

"예. 그러니까 지금 일본의 도쿤 길드가 신생 길드인 마키오의 도전을 받고 영주전을 하게 되었습니다. 다들 아시다시피 도쿤은 우리 하이엔드와 함께 극동사천왕 중 하나로 꼽히는 길드로, 일본 내에서는 절대적인 위치를 점하고 있습니다."

사람들은 당연하다는 듯 고개를 끄덕였다.

하이엔드와 도쿤은 과거에 몇 차례나 부딪친 적이 있었다. 결코 만만한 곳이 아니었다.

"그런데 뜻밖에도 신생 길드에게 본거지의 공격을 허용하게 되었습니다. 놀라운 점은 모든 사람들의 예상을 깨고 마키오가 도쿤의 본거지인 채롯 성채 도시를 점령한 점입니다. 이에 우리 길드에서는 이번 전쟁을 철저하게 분석하기로 결정했습니다."

"오호, 그야말로 개미가 코끼리를 물어 넘어뜨린 셈인가?"

강중도가 살짝 끼어들었다.

"보통 코끼리는 태국의 엘레판처를 뜻하니 이쪽에서는 그 비유가 금기시되어 있습니다. 멧돼지와 생쥐가 박치기를 해서 생쥐가 이겼다고 하는 게 좋겠죠."

"흥, 남의 눈치를 보기는."

"자세한 것은 앞에 있는 보고서에 써 있으니 한번 읽어보시고, 지금은 일단 영주전을 보시겠습니다."

"흐, 그런데 신생 길드에게 발목을 잡힐 정도면 사천왕이라고 하기엔 좀 그렇지 않냐?"

"그렇게 만만한 곳은 아닙니다. 아무튼 일단 전투 상황을 지켜봐 주십시오."

지금 일본의 접속 지역인 반 제국의 혼란 상황은 전 세계의 주목을 받고 있다. 그렇게도 강한 도쿤이 제대로 한 방을 먹은 사건인 것이다.

아마 하이엔드 이외에도 다른 대부분의 대형 길드들은 그날의 전투를 보고 분석할 것이다.

사람들은 동영상을 보면서 요소요소마다 평가를 하고 의견을 나누었다. 가끔씩은 운동 경기를 보는 기분이 되어 서로 마음이 가는 편을 응원하기도 했다.

공격자는 마키오고 수비자는 도쿤이지만, 이미지만으로는 도쿤이 강해 보이기에 마키오를 응원하는 사람이 더 많았다.

하기야 하이엔드의 사람들 대부분은 도쿤에게 그다지 좋은 감정이 없었다.

더군다나 마키오의 공격에는 뭔가 재미난 점이 많았다.

훈련된 정도로 보면 마키오 사람들은 도쿤에 미치지 못한다. 아무리 사람 수가 많다고 해도 방어하는 측이 저 정도로 손발을 맞추어 움직이면, 공격측이 고생만 죽어라 해도 정작 방어벽을 깨지 못하는 경우가 대부분이었다.

그런데 마키오의 몇몇 사람들이 이끄는 부대가 도쿤에 비견될 만큼 정예인 데다가, 그들이 다른 사람들을 교묘하게 이끌어 힘의 손실을 최소화시키고 있었다.

말하자면 정예 부대가 양측에 조금 떨어지는 부대들을 인도하면서 전체적인 전투력을 극대화시키는 상황.

"오, 마키오의 부대 지휘를 누가 하는지 몰라도 대단한 사람인데요? 완전 명장이에요."

"그러게 말이다. 아마 작전 입안은 쇼부라는 사람이고, 선두 지휘는 당삼이라고 했다. 그러면 당삼이 대단한 건가?"

"예. 하지만 저런 진형 배분을 만들었다면 쇼부라는 사람도 만만치 않아요."

"하지만 저 정도면 성벽 깨기가 쉽지 않아요. 깨도 시간 내에는 힘들걸요."

"지금은 서전이잖아. 처음에 마키오가 주력을 집중시킨 곳이 이쪽인데, 나중에 변수는 동쪽에서 일어났다고 하더라고."

"음, 동쪽에 변수라고요? 마키오에게 동쪽을 도모할 전력이 아직 남아 있다는 말입니까?"

"그냥 계속 봐. 그럼 다 알게 돼."

서쪽 성벽의 공방전은 양쪽 모두 훌륭하다고 할 만한 것이지만 여러 가지를 고려할 때 도쿤 측에 더 유리했다.

보통 대규모 전투는 주력의 힘겨루기에서 승부가 나는 것이 상식이니만큼 도쿤은 이대로 수성을 해야 옳다.

동쪽, 동쪽에 무슨 일이 일어났기에 이 승부를 뒤집었는가. 사람들은 호기심 반 기대감 반으로 다시 입을 다물고 화면에 집중했다.

조금 있으니 구오가 움직이는 부분이 나왔다. 처음에는 갑자기 지휘부가 성벽 앞으로 이동을 하는 것에 대한 이유를 아무도 알지 못했다.

"저거 왜 저러는 거지?"

"모르겠는데?"

"도발하는 건가?"

사람들이 열심히 추측하는 사이 다시 구오를 비롯한 지휘부가 동쪽 벽으로 이동을 했다.

그때, 마영운이 소파의 등받이에서 몸을 살짝 떼며 감탄성을 발했다.

"호오, 상당한데?"

"사부님, 저 사람이 지금 왜 움직이는지 아시겠어요?"

"확실한 건 아닌데, 나라도 저렇게 하겠다."

"확실하지 않아도 얘기해 주시면 안 될까요?"

"성벽 안쪽의 움직임에 따라 대응을 하는 모양이다. 뭐, 마키오 측에서 도쿤 측에 첩자를 심어놓고 내부 상황을 보고 받고 있다고 봐야겠지."

"아, 그렇군요. 근데 왜 감탄하셨어요?"

"화면이라서 정확히는 모르겠는데, 성벽 안쪽에서 저기를 공격하려고 움직이는 순간 이동을 한 것 같다. 그리고 주력 쪽이 아닌 비주력 쪽으로 이동을 한 거지. 그러면 도쿤 측에서는 대응에 고심을 해야 하지 않을까?"

"헛, 그런가요?"

듣고 보니 지휘부가 주력이 있는 서쪽 성벽을 버려두고 반대쪽으로 가버리면 도쿤 측은 어떻게 대응할지 고민하게 될 것이다.

무시를 해야 할지, 아니면 동쪽을 더 강화해야 할지.

상대의 의도를 모르고, 이쪽 상황을 상대가 알고 있다고 생각하면 그러한 고민은 더욱 심해질 터.

교란 작전이라고 한다면 상당한 효과를 볼지도 모른다.

그때 동영상을 구해온 영철이가 말했다.

"사부님 말씀대로 도쿤 측에서는 내부에 스파이가 있다고 판단한 후, 오히려 대기 전력을 서쪽 내벽에 투입했다고 합니다."

"미친놈들이지. 상대가 흔들면 그냥 바위처럼 멈춰 있어야지 그걸 왜 움직여? 멈춰 있으면 이길 것 같은데 말이야."

"하하하, 그렇죠."

강중도는 얼른 마영운의 말에 맞장구를 쳤다. 하지만 그는 속으로 그건 아니라고 중얼거렸다.

'전쟁 중에는 한 치 앞도 모르는데, 멍하니 서 있기가 쉬운가? 다 생각이 있어서 움직인 거지. 단지 생각대로 안 돼서 지는 거고.'

원래 싸우다 보면 이길 때도 질 때도 있는 법. 작전대로 되면 이기는 거고, 안 되면 지는 거다.

문제는 마영운은 절대로 그런 생각을 하지 않는다는 데에 있다. 왜냐하면 져본 적이 없기 때문이다.

하기야 강중도만 해도 싸움에서 거의 져본 일이 없다. 그리고 한 번 져도 냉정하고 신속한 대응으로 계속 지지는 않는다.

"어쨌든 저 구오란 자가 의도한 대로 도쿤이 움직였나 보네요."

그러니까 이겼지, 강중도는 그렇게 생각했다.

　그런데 마영운이 혀를 차며 말했다.

　"멍청한 놈아, 승부가 무슨 도박이냐? 생각대로 되면 이기고, 아니면 지게? 내가 보기에 저기 저놈은 상대가 어떻게 움직이든, 설령 움직이지 않더라도 다 그에 따른 작전이 있단 말이다."

　"예? 그걸 어떻게 아십니까?"

　"내가 아까 말했잖냐. 나라도 저렇게 움직였겠다고."

　"아, 그렇죠."

　"우와, 그럼 저 사람이 사부님에 비견될 만한 고수란 말인가요?"

　빡—

　"나에게 비견되는 자는 근대 100년사를 다 뒤져도 없다. 앞으로 100년 이내에도 나오지 않을 거다."

　역시 관록이 있는 강중도가 얼른 마영운의 말에 다시 맞장구를 쳤다.

　"그럼요. 그건 의심할 여지가 없습니다."

　"흥, 조용히 하고 계속 보자."

　마영운은 구오의 움직임에 상당한 흥미를 가졌다.

　일본에 저 정도 하는 자가 있다는 걸 왜 몰랐을까? 젊은 듯한 외모로 보아 신세대인 것 같았다.

단순한 게임의 고수라고 생각할 것이 아니다. 냄새가 난다, 진정한 고수의 냄새가.

정보에 의하면 신분을 숨기고 길드를 만든 자라고 한다. 그렇다면 뒤에 상당한 배경이 있다고 봐야 한다.

'심조회에서 키운 놈일까?'

심조회는 일본의 무사도와 엘리트 주의를 지향하는 자들의 모임이다.

이게 국수적 제국주의와는 조금 다른데, 일등국민이니 뭐니 하면서 무조건 자기네가 우수하다고 억지를 쓰는 것이 아니었다.

종족의 기본이 우수하니 어릴 때부터 제대로만 훈련을 시키면 세계를 운영할 만한 인재로 자라날 확률이 높다고 주장한다.

반대로 다른 민족들 중에서도 우수한 자가 나올 가능성도 있으니 그런 자는 대우를 해줘야 한다는 일종의 능력 우선주의자들이었다.

쉽게 말해 영재교육 집단인데, 이게 무시할 수 없는 성과를 얻어 일본 내에 상당한 영향력을 확보하고 있었다.

마영운이 심조회를 생각한 이유는 그들에게도 최종인간병기 계획이 있었기 때문이다.

물론 아직까지 이 부분에선 큰 성과를 얻지 못했다. 하지만 지금까지 포기하지 않고 추진을 해왔다면 어떤 식으로든 결과물이 나왔을 수도 있다.

그만큼 구오란 자에게서 상당한 감각이 느껴졌다.

이건 일종의 직감인데, 만만치 않은, 그러니까 부딪치면 제대로 밟아줘야 하는 상대를 보면 저절로 울리는 경보와도 같은 거다.

마영운이 생각을 하는 와중에도 동영상은 계속 흘러갔다.

구오가 동쪽 성벽에 틈이 생기자마자 직접 개입하는 부분이나 외벽과 내벽 사이에서 교묘하게 상대를 끌어들이는 부분은 보는 사람들의 피를 끓게 만들었다.

"진짜 고수군요. 안의 지리를 알든 모르든 저렇게 능숙하게 움직이는 건 힘든데 말입니다."

"음……."

다른 사람의 평가에 마영운은 입을 다문 채 콧소리로 대답을 했다.

집중하고 있었기 때문이다.

마영운의 시선은 구오로부터 조금도 떨어지지 않았다.

이윽고 구오가 다시 전선에 뛰어들어 도쿤의 최후 방어선을 찢어발기듯 뚫는 모습이 되었다.

"이야! 저러고도 안 죽는단 말이야? 도대체 저놈 피가 몇이지?"

강중도가 그건 아니라는 듯 고개를 저었다.

"피가 많다기보다는 방어력인 것 같다. 특별한 회복 동작 없이 계속해서 움직이는 걸 보면 말이야."

단순히 생명력이 많다면 살아남은 다음에 회복 마법을 집중해서 받아야 한다. 그런데 구오는 가까운 힐러들의 지원과 자체적인 물약 사용만으로 버티고 있었다.

"그렇군. 특히 마법 방어력이 말도 못하게 높은 것 같아."

"어떻게 마법 방어력을 올렸죠? 기공을 방어에 올인한다고 해도 마법은 영향을 안 받잖아요."

"그건 모르지. 아무튼 저 구오란 자는 마법 방어력도 무지하게 높다고 봐야 한다."

"우리가 모르는 수비형 스킬인가 봐요. 잘은 모르겠지만 마방을 두 배 이상, 아니, 세 배까지는 봐야겠네요."

확실히 하이엔드 사람들은 보는 눈이 정확했다. 그들은 동영상만 보고도 구오의 공격력과 방어력이 어떤 수준인지 판단하고 대략적인 수치까지 뽑아냈다.

현란한 움직임 따위에 속지 않고 게임의 본질인 스탯을 파악하는 게 정확하게 상대의 강함을 측정하는 지름길이다.

"머리도 좋아. 상대가 알면서도 속아 넘어가게 만들잖아."

"아무래도 그렇지. 대장 출현을 한 자가 전면에서 얼쩡대는데 들이대지 않으면 병신 소릴 들을 테니까."

"조용히 좀 해라."

마영운이 한마디 했다. 집중해서 보고 있는데 지방 방송이 심하니 신경이 분산되었다.

그 말에 사람들은 토론을 멈추고 묵묵히 동영상을 보았다. 이후 동영상이 끝날 때까지 숨 한번 크게 쉬는 사람이 없었다.

마침내 마키오의 전위 공격대가 중앙 광장에 들어섰다.

구오의 연설이 끝나고, 수호상이 파괴되는 것으로 동영상은 끝났다.

마지막 부분에 도시가 파괴되어 마을로 변하는 장면이 적나라하게 담겨 있었는데, 장관이라 할 만했다.

최고의 개척 도시 하나가 초기화되는 장면이었다.

사람들은 속으로 구오란 놈이 정말 독하다고 중얼거렸다.

그때, 진지하게 동영상을 지켜본 마영운이 말했다.

"저놈, 준호다."

"예?"

"아무리 찾아도 안 보인다 했더니 아예 캐릭까지 일본 내에서 만들었구나."

"정말 준호란 말씀이십니까?"

"그렇다. 교묘하게 얼굴을 바꿔서 못 알아봤는데, 동작까지 속일 수는 없지. 제법이구나. 현실과 거의 비슷하게 움직이면서 스킬과 조화를 이루고 있다."

"이야, 대단하네요. 그럼 준호가 일본에서 혼자 게임을 해서 저기까지 올라갔단 말 아닙니까? 정말 기적적인 일인데요! 준호는 정말 게이머가 될 운명을 타고났나 봅니다."

빡—

"억, 사형 갑자기 왜 때리십니까."

"시끄럽다. 잔말 많고 준비해라."

"예?"

"어디 있는지 알았으니 잡으러 가야지."

"아, 예. 어? 잠깐만요, 사형."

"왜?"

"지금 준호를 잡으러 가면 국제 문제가 좀 발생할 거 같은데요. 저놈이 출세를 해서 일본 길드 연합의 거두가 된 거니까요."

"내가 언제 그런 거 따지는 거 봤냐?"

"아, 아니죠."

"준비해라."

마영운은 단호하게 명령을 한 후, 인터넷 화면창을 꺼내 바로 메일을 쓰기 시작했다.

너 준호지! 네가 언제까지 숨어살 수 있을 것 같았냐? 지금 당장 잡으러 갈 테니 무릎 꿇고 기다리면서 뭐라고 용서를 빌 건지 고민하고 있어라. 크하하하하하하.

　이메일 끝 부분에 통쾌한 웃음소리를 써놓는 마영운의 입은 전혀 미소가 나타나지 않았다.

　오히려 두 눈에서 살기를 줄기줄기 뿜어대고 있는 것이 정말 제자를 때려죽이겠다고 굳게 마음먹고 있는 듯했다.

　마영운의 살기가 공간을 장악하니, 강중도와 다른 사람들은 찍 소리도 못하고 조심스럽게 자신이 할 일을 찾아 방을 나섰다.

　할 일이 없어도 일단 이 방을 나서야 했다.

　　　　*　　　　*　　　　*

　한때 한국의 최강 길드이자 극동 사천왕 중 하나였던 하이엔드는 현재 규모가 말도 못하게 줄어든 상태였다.

　규모로 보면 한국 내에서도 10강에 들지 못할 정도니 과거의 영광은 이제 되찾기 어려울 거라고 전문가들은 평가했다.

　더군다나 길드의 색깔도 악명 높은 피케이 지향이라 과거에 친밀했던 동맹 길드들도 모두 등을 돌렸다.

　오히려 과거의 동맹군들이 앞장서서 하이엔드를 부숴야

한다고 주장할 정도였다.

왜냐하면 하이엔드 길드는 그들조차 공격 대상에서 제외시키지 않았기에 일종의 배신감을 느끼게 되었기 때문이다.

그런데 최근에 들어 그런 분위기가 조금 바뀌었다.

그것은 바로 정체불명의 길드장인 독재마인이 전 세계 최초로 피케이 수치 10만을 넘기면서 기록적인 레벨 업을 달성했기 때문이다.

현재 공식 세계 최고 레벨은 바로 독재마인이다. 그 대부분이 몬스터가 아닌 유저를 잡아 올린 레벨이었다.

당연히 사방에 원수가 차고 넘쳐야 정상이다. 그런데 의외로 독재마인에게 뼈에 사무친 원한을 느끼는 자는 많지 않은 모양이었다.

오히려 요즘은 독재마인이야말로 진정한 강자라고 존경하는 사람들이 늘어나고 있었다.

왜냐?

원래 피케이는 당하는 사람에게 불쾌감을 주는 행위라 할수 있지만 그것도 악질이 있고, 그냥 납득할 만한 수준이 있다.

악질이란 약자를 괴롭히고, 표적을 집요하게 쫓아다니며 계속해서 죽이거나 아니면 좋은 아이템을 가진 자를 아이템 탈취를 목적으로 수단과 방법을 가리지 않고 죽이는 것을 의미한다.

그런 면에서 독재마인은 악질과는 거리가 멀었다.

그는 사신과도 같이 마주치는 모든 자에게 공평하게 죽음을 내렸다. 상대가 저 레벨이라고 해서 봐주는 것도 없지만, 불리한 상황에서도 실력으로 피케이를 행사했다.

또한 한 사람을 계속해서 죽이는 짓도 하지 않았다. 재수가 없어서 두 번 걸리면 두 번 죽는 경우도 있지만 일부러 그런 것은 아니었다.

아이템이 떨어지면 챙겨가긴 하지만 그렇다고 해서 아이템을 노리고 피케이를 하지는 않았다. 반대로 독재마인을 죽였을 때에 유니크 아이템이 떨어지는 경우가 많았기에 아이템을 노리고 그를 쫓아다니는 사냥꾼들이 더 많았다.

독재마인에게 당한 사람들은 대부분 그냥 재수가 없었다고 생각했고, 그에게 한 수 배웠다고 말하는 자도 생겨났다. 그만큼 독재마인의 전투 능력은 눈에 확 들어올 정도로 뛰어났다.

독재마인 휘하에 있는 전대 하이엔드 간부들도 모두 피케이에 있어서 타의 추종을 불허할 정도의 킬수를 채웠다.

하지만 그들은 같이 행동하지 않고 대부분 서로 구역을 나누어 움직였기에 일종의 깨끗한 피케이 행위로 인정을 받았다.

피케이 전문이란 악명은 여전해도 더 이상 세력은 줄지 않게 된 이유가 거기에 있었다.

이런 상황에서 폭탄과도 같은 선언문이 발표되었다.

한국에 있는 강자들은 대충 다 죽여봤다. 이제 본인은 세계로 나가겠다. 더 지존에 있는 모든 강자들은 모두 다 내 손맛을 위해 존재할 뿐이다.

엄청난 소리다. 세계를 돌면서 무차별 피케이를 하겠다니! 아무리 독재마인이라고 해도 그런 짓이 가능할 리가 없다.

그러나 한편으로는 그게 가능할 것도 같다. 한국에서 되는데, 일본이나 중국이나 미국에서 안 되라는 법이 있는가?

강한 자는 아름답다.

갑자기 여론이 독재마인을 영웅시하기 시작했다.

독재마인이야말로 한국이 낳은 세계 최강자다!

정말로 독재마인이 모든 나라를 돌면서 피케이를 하는 데 성공한다면 난 그 사람을 평생 존경하겠다!

어쨌거나 독재마인이 나가겠다면 이제 더 이상 한국에서는 그의 피케이를 두려워하지 않아도 되는 것이다.

누가 독재마인의 월드 피케이 투어를 촬영해서 올려줘! 가격과 관계없이 다운로드를 받을 테니까.

장난이 아니다.
사람들은 독재마인이 세계를 상대로 피케이를 한다는 것에 크게 흥분했다.
그들 자신이 속수무책으로 당할 때에는 그렇게도 욕을 하더니, 다른 나라로 간다고 하니까 갑자기 최고의 고수로 엄지손가락을 꼽는다.
기존 간부들은 독재마인을 서포트하기 위해 따라가지만 국외에서의 피케이는 하지 않겠다고 선언했다.
독재마인 혼자라면 모르지만 명성 높은 하이엔드 길드의 간부들까지 같이 피케이를 하면 침략으로 오해받을 수 있기에 그렇게 결정했다고 한다.
어쨌든 그 바람에 하이엔드 길드는 갑자기 바람을 타기 시작했다. 이제는 더 이상 이탈자가 생기지 않고 서서히 가입자가 늘어나기 시작했다.
과거 인연을 끊고 전쟁을 한다고 날뛰던 다른 길드들도 다시 동맹 신청을 해왔다.

 그들은 독재마인이 세계를 상대로 혼자 싸우는 한 하이엔드에 대한 원한을 일시적으로 덮어두겠다고 선언했다.

 이로써 혼란에 빠졌던 한국의 게임계가 서서히 자리를 잡아가게 되었다.

CHAPTER 06
음모 대 음모

WAR
LORD 워로드구오

모든 것이 구오의 생각대로 되어가고 있었다.

채룻 성채를 부순 이후, 하루가 다르게 마키오를 중심으로 한 연합의 세력이 강해졌다.

분노에 찬 도쿤이 전투 부대를 풀어 필드에서 사냥하는 마키오 측 사람들을 괴롭히려 했지만, 오히려 이쪽 인원이 많으니 역으로 압박을 가할 수 있었다.

이대로라면 다음 달 영주전 날에는 확실히 도쿤의 남은 성 중 하나를 먹을 수 있을 터였다. 위치적으로 볼 때 역시 달튼 도시였다.

사람들은 연일 달튼에 대한 정보를 분석하느라 난리였다.

승리는 따놓은 당상이라고 여겼다.

그러나 정말 변수는 생각지도 못한 곳에서, 구오 빼고는 아무도 모르게 찾아들었다.

너 준호지! 네가 언제까지 숨어살 수 있을 것 같았냐? 지금 당장 잡으러 갈 테니 무릎 꿇고 기다리면서 뭐라고 용서를 빌건지 고민하고 있어라. 크하하하하하하.

"하아."

구오는 사부 마영운이 보낸 이메일을 세 번쯤 읽고는 결국 한숨을 내쉬었다.

"하기야, 내가 그렇게 설쳤는데 사부가 날 못 알아볼 리가 없지."

마키오의 싸움에 집중하다 보니 잠깐 동안 사부를 잊어버렸다. 아무리 교묘하게 외모를 바꿨어도 동작을 보고 못 알아볼 사부가 아니었다.

구오 역시 사부의 주먹질하는 모습의 그림자만 봐도 알아볼 수 있다.

"어떻게 할까?"

지금은 나싱도 없다. 나싱은 모처에서 닥사하면서 구오를 기다리고 있었다.

구오는 접속하면 일단 한 시간 정도 길드의 업무를 처리해야 하는데, 그 이후 나싱이 있는 곳으로 가서 같이 사냥할 계획이었다.

사무실에서 혼자 궁리를 하던 구오는 문득 우습다는 생각이 들어 피식 웃었다.

"내가 왜 겁을 내고 있지?"

구오는 자신이 사부에 대한 무조건적인 공포에 빠져 있다는 것을 깨달았다. 이건 아니다.

상대가 만약 적이었다면 아무리 강해도 이런 심리 상태에 빠지지는 않았을 터, 그런데 사부이기 때문에 자꾸만 피하려고 한다. 그 점이 오히려 사부와의 차이를 만들었다.

"현실도 아니고, 게임에서 이럴 순 없지."

구오는 굳은 각오를 했다. 그리고는 곧바로 국제회선을 통해 독재마인에게 화상전화를 신청했다.

띠링, 독재마인님께서 화상전화 신청에 동의하셨습니다.

메시지가 뜨며 곧 공간에 화면이 생겼다.

화면에 나타난 사람은 틀림없이 구오의 사부인 마영운이었다. 두 눈에 살기를 띤 모습이 제자가 아닌 때려죽일 천하의 악당을 보는 듯한 느낌이었다.

구오는 신경 쓰지 않고 웃으면서 인사를 했다.

"사부님, 안녕하세요?"

[내가 안녕하게 생겼냐? 이놈, 네놈 때문에 팔자에도 없는 게임까지 하고 있다.]

"팔자에 없는 것치고는 꽤 즐기시는 것 같네요."

[흥, 웃기지 마라. 내가 널 발견한 이상 넌 캐삭 외에는 길이 없다. 크크크크.]

사부가 음흉하게 웃자 구오는 웃기지도 않는다는 듯이 손을 좌우로 흔들었다.

"어휴, 캐삭은 무슨 캐삭이에요. 피케이 한두 번 당한다고 게임 접어야 하는 건 아니거든요. 그리고 사부, 피케이가 게임의 전부는 아닙니다."

[뭐라고!]

"강 아저씨 등골 빼먹으면서 레벨하고 킬수만 올린다고 게임을 잘하는 건 아니거든요. 그 바람에 한국 지역 전체에 민폐가 되고 있다는 소문이죠."

마영운의 눈에 살기가 감돌았다.

[흐, 네놈이 많이 컸구나. 내 앞에서 대놓고 말대꾸를 하다니.]

"여긴 현실이 아니거든요. 사부님께서 제 캐릭을 알았다고

해도 현실의 제 거주지를 모르는 이상 제가 두려워할 필요가
있나요?"

[흐흐흐, 그렇지. 하지만 일단 넌 게임할 생각은 버려야 할
거다. 현실 거주지를 알아내는 것도 결국 시간문제다.]

"쩝. 정말 포기 안 하실 건가요?"

[내 사전에 포기란 없다.]

"그럼 이렇게 해요."

[감히 나하고 흥정을 하려고 하는 거냐?]

"흥정이고 뭐고, 깔끔하게 승부를 내죠. 캐삭빵으로."

[잉, 캐삭빵?!]

"그래요. 사부님 캐릭인 독재마인하고 제 캐릭인 구오하고
붙어서 제가 이기면 사부님이 절 포기하고 더 지존을 떠나세
요. 반대로 사부님이 이기면 제가 게임을 포기하지요."

두둥―

이것이야말로 정면승부!

캐삭빵은 갈등이 극한까지 가지 않는 한 절대로 해서는 안
되는 미친 짓이 아니겠는가?

구오는 그걸 무적이라고 평가되는 독재마인에게 걸었다.

독재마인은 잠시 멍하니 있다가 결국 크게 웃음을 터뜨렸
다.

[크하하하하하하. 과연 내 제자답게 배짱이 좋구나. 근데

너 그거 아냐? 내가 현재 전 세계 최고 레벨인 거. 거기다 난 피케이 전문 캐릭인 어쌔신이고 넌 기산데 정말 해보자는 거냐?]

"어쌔신이 피케이 전문 캐릭은 맞는데, 그렇다고 해서 최강은 아니거든요. 뒤치기 전문이라 정식 대결에서는 오히려 기사가 나을 수도 있죠."

[헛소리를 아주 태연하게 하는구나. 내가 이모저모로 조사해 본 결과 어쌔신이 최고다! 때에 따라서는 마법사가 더 강할 수도 있지만 나 같은 실전 무술의 고수가 어쌔신 직업을 가지면 효과가 극대화되지.]

사부의 분석력은 아메리카의 비밀 전략 분석팀이 손꼽아서 인정하는 수준이었다.

아무리 더 지존이 캐릭터 간 게임 밸런스를 잘 맞췄더라도 사부가 그렇다면 그럴 가능성이 크다.

더 지존 피케이 부분에서 가장 유리한 캐릭터는 어쌔신임을 의심할 수 없다. 사실 구오도 그렇게 생각하고 있었다.

그래도 구오는 신경 쓰지 않았다. 어쌔신에게 가장 상극이 되는 캐릭터가 바로 기사라 생각하고 있었던 것이다.

"그렇게 믿으시면 캐삭빵, 받으시겠어요?'

잔말은 필요없으니 승부를 봅시다.

구오의 눈빛은 진지했다. 그는 사부의 이메일을 받고 고민하다가 이 일의 해결책은 정면 돌파밖에 없다는 결론을 내렸다.

지금 구오는 자신의 꿈과 인생을 걸고 승부를 하려는 것이다.

현실이 아닌 게임 내에서라면 사부도 이길 수 있다.

여기에서조차 사부를 이길 수 없다면 정말 10년이고 20년이고 수련을 하는 게 나을지도 모른다.

게임 내에선 내가 최강!

그것은 구오의 자존심이었다.

마영운은 웃음을 그쳤다. 구오의 눈빛에서 강력한 도전자의 힘이 느껴졌다.

[흐흐흐, 좋겠지. 지금부터 당분간 넌 내 제자가 아니라 적이다. 계급장 떼고 한 번 통쾌하게 싸워보자꾸나. 그럼 어디서 붙을까? 아무래도 국경선을 넘어서 아무도 없는 마경 안이 좋겠지?]

적이라, 그렇게 생각하니 갑자기 마음이 편해졌다. 구오는 미소를 지으며 말했다.

"장소는 대충 그렇게 정하고요. 시간은 좀 여유를 주세요."

[뭐시라? 그런 게 어디 있냐? 붙기로 했으면 바로 붙어야지. 넌 싸울 때 상대가 잠깐이라고 외치면 손을 멈추냐?]

"불리할 땐 싸우지 말라고 가르치신 건 사부님이죠. 그리고 이건 그냥 싸움이 아니라 정식 대결이니까 시간도 중요해요. 무엇보다 지금까지 전 길드를 위한 게임을 해왔으니 지금 붙으려면 길드 대 길드로 붙어요."

[큼, 좋다. 그럼 언제 할 거냐?]

"사부님이 만렙 찍고 한 달 후에 해요."

[호, 만렙끼리 해보자고?]

"그래요. 같은 레벨이 아니면 의미가 없어요. 또 저도 지금부터 전쟁용이나 사냥용이 아닌 대전용으로 캐릭 키울 테니까, 그때쯤이면 충분히 사부를 이길 수 있어요."

[클클클. 좋다. 내 하해와 같은 아량을 베풀어주마. 한 일 년 정도 후가 되겠구나. 그때까지 잘 놀아봐라. 네 생애 최후의 게임이니까.]

"흐, 글쎄요. 사부님이나 새 제자 구해보세요. 미리 구해야 저를 포기하면 바로 마음 비우고 새롭게 시작할 수 있을 것 아니에요."

[역시 내 제자답게 광오하기가 하늘을 찌르는구나. 날 이겨보겠다는 생각을 진지하게 하다니. 그때 보자.]

그렇게 화상전화는 끝났다.

마영운이 만 레벨인 200레벨이 되려면 적어도 일 년은 걸릴 터, 어쩌면 더 걸릴 수도 있다.

어쨌거나 구오는 최소 일 년이란 시간을 얻은 셈이다.

구오는 소파에 앉아 천장을 보며 잠시 생각을 정리했다.

"캐삭빵이라, 나싱이 알면 화내려나?"

서로 싸워서 진 사람이 캐릭을 지우는 극단적인 결투를 캐삭빵이라고 한다.

구오가 게임을 그만두면 가장 슬퍼할 사람은 다름 아닌 나싱이었다. 어쩌면 두 번 다시 만나지 못할 수도 있다.

구오는 이 일에 대해 나싱에게 말을 해야 할지 한참 고민했다.

"휴, 그래도 말은 해야겠지. 숨긴다고 나아지는 것은 없으니까."

결단을 내린 구오는 몸을 일으켜 나싱이 기다리고 있는 사냥터로 갔다.

아직 아무것도 모르는 나싱은 웃으면서 일찍 나온 구오를 반겨주었다.

"오라버니, 일은 끝나셨어요?"

"응, 사실은 아직 다른 사람들이 안 왔어. 근데 좀 다른 일이 생겨서 너랑 상의를 해야 할 것 같아."

"무슨 일인데요?"

"사실은……."

구오가 설명을 하자, 나싱의 얼굴이 점점 심각하게 변했다.

예상했던 대로 구오가 게임을 접을지도 모른다는 말에 나싱은 공포에 가까운 반응을 보였다. 저번에 도쿤의 사장한테 피케이를 가려 했을 때에도 불안했지만 이건 그 정도가 아니었다.

지면 무조건 끝이다.

그것도 평소 그렇게 무서워하던 사부하고의 일전.

현재 최고의 피케이 플레이어하고의 승부!

그러나 나싱은 곧 호흡을 조절하여 감정의 기복을 줄이고 조용히 고개를 끄덕였다.

"그렇군요. 오라버니께서 사부님과 결판을 내시겠다면 어쩔 수 없지요."

무사는 죽음을 두려워하되 필요할 때에는 그것을 받아들일 수 있어야 한다. 나싱도 구오의 결단을 그런 의미로 받아들였다.

"그럼 이제 어떻게 할까요? 도쿤과 전쟁을 하고 있을 때는 아닌 것 같아요."

"그건 그렇지."

도쿤을 완전히 무너뜨리려면 최하 두 달은 더 걸린다. 아니, 어쩌면 두 달 후에 도시를 모두 잃은 도쿤은 더욱 무서워질지도 모른다.

이런 식으로는 미래가 없다. 전쟁에서 이기는 것도 중요하지만 구오 자신이 강해지는 것이 더욱 중요했다.

"확실히 작전을 좀 바꿔야겠어."

구오는 조용히 생각에 잠겼다.

＊　　　＊　　　＊

도쿤의 사무실에서는 사장인 하라타가 매일같이 분노를
주체하지 못하고 난리를 쳤다.

강력한 적이 나타나 도시 하나를 통째로 부수었는데, 현실
에서도 가상공간에서도 어떻게 손을 쓸 수가 없는 상황이었
다.

"마키오의 세력이 계속 강해지고 있다고? 그래서? 그냥 손
가락만 빨고 있다가 다음 달엔 달튼까지 날려먹을 건가? 방법
을 찾아내! 그놈들을 철저하게 무너뜨릴 계획을 세우란 말이
다!"

오자와 기획실장은 묵묵히 고개를 숙인 채 하라타의 분노
를 견뎌냈다. 가끔씩 하라타가 홧김에 집어던지는 재떨이나
다른 사무용 기기도 몸으로 받았다.

이번 일에 대해서는 오자와도 할 말이 없었다.

세상에 기업의 힘을 능가하는 개인이 있을 줄이야!

마키오의 폭주에 가까운 공격은 사람을 미치게 만드는 구

석이 있었다. 그것이 적이든 아군이든 이성이 마비되어 구오의 의도대로 움직인다.

아직 하라타 사장에게 보고는 못했지만, 이번에 상당수의 정예 멤버가 도쿤을 빠져나가 독립했다. 그리고 그 독립 길드는 마키오와 연합했다.

도쿤의 지휘부가 패전에 대한 책임을 아래로 전가시켜 심한 문책을 한 것이 그들의 독립 이유였다.

할 말이 없다, 분명히 그런 면이 있으니까. 지금까지는 그래도 됐는데, 이제 상황이 바뀐 것이다.

"그래, 솔직하게 말해봐. 달튼을 지켜낼 가능성이 있나?"

"아직까지는 확답을 드릴 수 없습니다. 현재 가능한 모든 방법을 다 조사하고 있으니 조만간 답이 나올지도 모릅니다."

"웃기지 마. 한 달은 금방이다. 내가 듣기로 이미 필드에서 연합에게 우리가 밀리고 있어, 사냥하기도 쉽지 않다던데? 그럼 이야기가 끝난 거 아닌가?"

"······."

하라타 사장이 거기까지 알고 있다면 오자와도 더 이상 할 말이 없었다. 이건 완전히 과거에 도쿤이 약체 길드를 짓밟을 때의 수순이었다.

본거지를 까고, 필드를 장악하고, 쓸 만한 자들은 하나하나

빼돌린다.

이대로 가면 도쿤은 모든 거점을 다 잃고, 도쿤 소속의 유저들은 사냥터에 들어가지도 못하고 학살의 대상이 될 것이다.

제국의 공적치를 이용하여 일시적 휴전이라도 하고 싶지만, 현재 도쿤은 제국으로부터 근신 처분을 받았기에 공적치 이용 자체가 불가능했다.

이건 정말 치명적인 일로, 공적치를 이용한 전업 퀘스트가 막혔기 때문에 주요 멤버들 중 상당수가 이를 갈면서 따로 개인 퀘스트를 진행하는 중이었다.

당연히 성장이 대폭 느려졌고, 그게 다 도쿤의 약화로 직결되었다.

거기에 도쿤과 동맹 관계에 있던 길드들이 잇달아 관계를 끊고 있었다. 그들은 모두 상하 종속 관계이고 대등 관계의 동맹은 없었는데, 이제는 도쿤이 더 이상 그들에게 우산이 되어주지 못한다고 판단한 것이다.

오히려 독하기로 소문난 구오의 눈에 잘못 걸렸다가는 자신들에게도 불똥이 튈지 모른다고 생각하고 미적지근하게 남아 눈치를 보려 하지 않았다.

한 번 대세가 기우니 이렇게 순식간에 격차가 벌어져 버린다. 그만큼 도쿤이 평소 인망이 없었다는 소리가 된다.

오자와는 조용히 하라타가 진정하기를 기다렸다. 그러다가 때가 되었다고 생각하고는 조심스럽게 말을 꺼냈다.

"사장님께서 허락하신다면 제가 다시 한 번 마키오와 접촉을 해보겠습니다."

"뭐!"

오자와의 말뜻은 간단하다. 항복하자는 것이다.

하라타의 눈이 다시 돌아갔다.

"이 새끼야! 천하의 도쿤이 그런 잡것들에게 고개를 숙이자고!"

빡—

하라타가 집어던진 재떨이가 오자와의 머리에 직통으로 맞았다. 하지만 가상공간이라 피는 튀지 않았다. 재떨이도 어느새 원래 있던 자리로 돌아왔다.

오자와는 머리가 살짝 띵했다가 멀쩡해졌다.

고통지수를 20%로 맞춰놓기를 잘했다는 생각이 뇌리를 스쳤다.

오자와는 하라타 사장이 완전히 눈이 돌기 전에 얼른 진짜 준비해 왔던 말을 꺼냈다.

"마키오가 아니라면 외국하고 제휴하는 방법도 있습니다."

"외국? 외국 길드의 힘을 빌리자는 말인가?"

"그렇습니다. 중국 쪽이나 태국 쪽의 정예들을 비밀리에 영입해서 용병으로 쓰면 충분히 이번 사태를 진정시킬 수 있습니다."

"흠, 그건 생각을 해볼 가치가 있군."

이전에도 같은 극동 사천왕끼리는 서로 이합집산을 계속해 왔다.

원래 도쿤은 사천왕 중 최고가 되어 아메리카나 유럽 연합, 아프리카 연합과 자웅을 겨루는 것이 목표였지만 상황이 이러니 일단은 국내의 영역부터 확보하는 것이 나을지도 모른다.

생각을 정리한 하라타는 마침내 결단을 내렸다.

"그럼 그쪽으로 한 번 추진해 봐. 하지만 이건 다른 사람들이 전혀 모르게 해야 돼. 자칫 잘못하면 큰 구설수에 오를 수 있으니까."

"제가 직접 모든 일을 처리하겠습니다. 사장님과 저 이외에는 아무도 모를 것입니다."

"좋아. 오자와 기획실장을 다시 한 번 믿어보지. 나가봐."

일의 시행을 명령받은 오자와는 정중하게 인사를 한 후 몸을 돌려 사장실을 나섰다.

겨우 사장을 진정시키고 자신의 의도대로 일을 추진하게 된 오자와의 입가에는 회심의 미소가 어려 있었다.

＊　　　＊　　　＊

구오가 다른 생각을 하는지도 모르고 마키오를 비롯한 길드 연합은 오늘도 열심히 도쿤의 영역에 들어가 싸우고 있었다.

수에서 압도적으로 유리한 연합이기에 도쿤으로서는 속수무책으로 자신들의 사냥터를 빼앗기고 있었다.

현재의 주거점인 달튼 도시의 인근까지 상당수의 마을이 사실상 연합에 넘어갔다. 아마 다음 달 영주전 기간이 되면 이들 마을도 정식으로 명의이전을 하게 될 것이다.

이 상황에서 길드 업무에 손을 놓겠다고 말하면 어쩌면 맞아 죽을지도 모른다. 적보다 아군이 더 무서울 수도 있는 상황이었다.

얽힌 실타래는 여유를 가지고 한 가닥 한 가닥 푸는 게 결과적으로 가장 빠르다.

구오는 일단 당삼을 만났다.

"떠나겠다고?"

"예."

당삼을 속일 수는 없다. 쇼부도 그렇지만 당삼의 경우는 구오가 처음으로 만난 게임 동료라 할 수 있다. 무엇보다 성격이 차분하여 주변 사람의 고민에 대한 상담을 잘해준다.

당삼은 잠시 대답을 하지 않고 침묵했다가 한숨을 내쉬며 말했다.

"네가 갑자기 그렇게 말한다면 나름대로 사정이 있는 거겠지. 이유는 묻지 않겠다. 그런데 네가 떠난 후 여긴 어떻게 정리할까?"

의외로 간단하게 구오의 말을 받아준 당삼은 오히려 구오가 떠난 이후에 대해 말했다.

이미 구오가 없어도 도쿤과 싸우기에 부족함은 없다. 하지만 당삼은 구오의 의도대로 일을 마무리 지어야 한다고 말했다.

시작한 것이 구오니 끝내는 것도 구오다.

"네가 없더라도 네가 원하는 대로 매듭을 지어야 한다. 새로운 연합장을 선출하는 것은 그다음이고."

"그런가요? 그렇다면 일단 도쿤과 다시 한 번 대화를 해볼 필요가 있겠네요."

"그럴래?"

"예. 사실 제가 가장 고민하는 부분이 바로 도쿤의 필요성이에요. 어쨌거나 국제 무대에서는 연합보다는 단일강자인 도쿤이 먹히니까요."

"으음, 사실은 나도 같은 생각이다. 도쿤의 이름은 함부로 없애서는 안 돼. 기획사까지 있는 기업소속의 정식 회사가 쉽게 없어지지도 않겠지만 말이야."

"그렇죠. 어렵게 생각할 것도 없는 게 도쿤이 소속된 연예인들로 방어막을 치면 공격하기가 정말 쉽지 않아요. 누가 아이돌 가수한테 화살을 날리겠어요?"

구오의 농담을 그저 농담으로만 받아들이기 힘든지 당삼이 혀를 찼다.

"쩝, 슬프지만 네 말이 맞다. 그래서 어떻게 할 건데?"

"만나보고 결정해야죠. 저쪽 분위기도 보고요."

"그래라."

역시 싸우는 것은 쉽지만 전후처리가 어렵다.

교섭이란 것은 어떤 의미에서는 총칼을 들고 싸우는 것보다 더욱 치열한 싸움이라고 할 수 있었다.

* * *

구오는 곧 도쿤에 연락을 넣었다. 그러자 이인자인 모모마루가 구오와 만나겠다고 회신이 왔다.

아직 길드장인 키리칸은 정식으로 업무에 복귀하지 않았다고 한다.

모모마루의 표정을 보니 우호적인 감정은 눈곱만큼도 찾

아볼 수 없었다. 채롯 성채 도시를 부순 시점에서 이미 돌이킬 수 없는 강을 건넌 셈이었다.

모모마루는 전과는 다르게 차가운 말투로 구오에게 물었다.

"어떠한 타협도 하지 않으신다는 분께서 무슨 일이십니까?"

"별건 아닙니다만, 몇 가지 협정을 맺어야 할 것 같아서 말입니다."

"흠, 협정이라……. 그런 게 필요할까요?"

서로 죽이려고 싸우는데 무슨 협정이란 말인가? 모모마루의 눈에 호기심이 생겼다.

구오는 진지하게 말했다.

"필요합니다. 아주 중요하죠."

"말씀해 보십시오."

"우선, 이번 전쟁에 양측 모두 외국의 힘을 빌리지 않았으면 합니다."

"예?"

모모마루는 예상치 못한 구오의 말에 뜨끔한 느낌을 받았다. 그가 비밀리에 추진하는 일이 바로 그것 아닌가.

구오가 대화의 물꼬를 트기 위해 꺼낸 말이 정곡을 찌른 형국이 되었다.

모모마루의 심정을 알지 못하는 구오는 계속 말했다.

"현실로도 그런 일이 많지 않습니까? 나라에 내분이 있으면 외세가 들어오게 됩니다. 한쪽이 끌어들이면 이번에는 다른 한쪽도 질 수 없다고 다른 외세를 끌어들이고, 그러면 모두 끝장입니다. 결과적으로 양쪽 다 망하고, 외세만 이득을 보는 거죠."

"현실은 그럴지 모르지만 게임에서는 그렇게까지 되지 않습니다. 외국 용병을 고용해도 자국의 기반을 통째로 빼앗길 가능성은 없다고 생각합니다만?"

"모모마루님의 말씀도 틀리지 않습니다. 나라를 통째로 빼앗길 가능성은 거의 없겠죠. 하지만 단순히 용병을 고용해서 싸우고, 싸움이 끝난 뒤에는 고용비를 지불하고 깔끔하게 바이바이 하는 것으로는 끝나지 않을 겁니다."

"그럴까요?"

"당연하죠. 도쿤이 외국 용병을 고용하면 당연히 우리 마키오도 고용합니다. 아마 외국의 거대 길드들은 도쿤보다 마키오가 이기기를 바랄 겁니다. 왜냐하면 도쿤이 무너지면 국제사회에서 강한 경쟁자가 하나 사라지는 셈이니까요."

"흠, 구오님께서 우리 도쿤을 그렇게 높이 평가해 주시는 줄은 몰랐습니다."

"말 돌리지 마시고, 서로 외국과의 제휴를 안 하는 협정에 동의하시겠습니까?"

"글쎄요. 도쿤으로서도 이제 여유 부릴 상황이 아니라 말입니다. 하지만 구오님의 말씀에도 일리가 있습니다. 외국의 길드들이 전쟁 상인처럼 양측 모두를 지원하며 전쟁을 장기화하고 이익을 챙길 수도 있겠군요."

구오의 생각은 어찌 보면 당연한 것이다. 국제사회에서는 인정도 자비도 없다.

가령 도쿤이 중국의 힘을 빌면, 마키오는 태국이나 한국과 제휴할 가능성이 크다.

그러면 양측 길드의 뒷배가 된 외국의 길드들은 다시 뒤로 은밀한 협정을 맺고 지원군의 파워를 조종한다.

피해는 최소화하고 이익을 극대화하기 위해서라면 그 정도는 당연히 행하는 것이 국제 비지니스란 악마의 도박판이었다.

그래서 원래 모모마루는 마키오가 눈치채기 전에 최소 두 군데의 외국 길드와 손을 잡고, 비밀리에 정예를 지원받아 일거에 전세를 뒤집을 계획이었다.

그런데 이렇게 구오가 정식으로 협정을 제의해 오니 뜻대로 일이 흘러가지 않을 것 같은 느낌을 받았다.

아마 상대는 이미 도쿤이 혹시라도 외국과 접촉을 하는지 엄밀히 감시하고 있을 것이다.

도쿤에 이상한 조짐이 보이면 마키오도 즉시 대응할 가능성이 컸다.

모모마루는 구오를 다시 보았다.

'이자는 항상 나의 예상을 깨고, 또 내가 꾸미는 일들을 앞서 막는구나.'

그런 생각을 하는 순간, 모모마루의 가슴 깊은 곳에서 불길 같은 것이 화르륵 타기 시작했다.

평생 머리 쓰는 데에는 자신이 있던 모모마루였다.

하라타 사장이 이쪽에 뛰어들도록 기획서를 쓴 것도 그였고, 그 뒤 도쿤 기획사를 최고로 키운 대부분의 업무도 다 그의 손을 거쳤다.

하라타 사장조차 알고 보면 그가 조종한 셈이나 마찬가지다.

구오를 만나기 전까지 모든 것은 모모마루의 뜻대로 움직였고, 실패는 없었다.

이제 몇 년 내로 극동의 세력을 통합하고, 그 뒤에는 세계 최고의 조직을 만들겠다는 야심이 모모마루의 가슴속에 자리 잡고 있었다.

그때에는 도쿤 자체도 모모마루의 아래에 존재하리라.

그런데 구오란 자가 나타난 이후, 정말 많은 일들이 틀어졌다. 충분히 주의를 해서 상대했다고 생각했는데도, 구오는 그걸 넘어서 더욱 귀찮은 존재가 되었다.

이제는 단순히 귀찮은 존재를 넘어서 도쿤의 목숨을 위협하는 최대의 적이 된 자.

'이놈이 나보다 뛰어나단 말인가!'

세상을 굽어보다가 처음으로 올려봐야 할 상대가 생겼다.

질투!

인정하기 싫다.

그러나 인정을 해야 한다. 더군다나 눈앞의 대적인 구오는 전투 능력 자체도 타의 추종을 불허해서 전장에서 가장 앞에 설 수 있는 자였다.

단순한 게이머들의 마음을 얻기에 충분한 무력과 카리스마, 항상 예상을 뛰어넘는 머리.

단신으로 길드를 만들어 최강의 도쿤을 넘어선 자.

'괴물 같은 놈. 하지만 난 네놈을 이기고야 만다. 네놈을 꼭 이 업계에서 매장시켜 버리겠다.'

모모마루는 지금까지 구오를 그렇게까지 미워하지 않았다. 하지만 이제는 구오를 가장 큰 인생의 적으로 생각하기로 했다.

구오가 계속 이 바닥에서 활동한다면 모모마루는 영원히 원하는 것을 이루어낼 수 없다.

모모마루는 구오를 자신의 숙적으로 인정했다. 다른 극동 사천왕들보다 마키오를 더 강적이라고 생각하기로 했다.

분노가 강해지니 오히려 부드러운 웃음이 자연스럽게 지어졌다. 기필코 없애야 할 상대에게는 가능한 한 친밀감을 보여야 한다.

"구오님의 뜻은 잘 알겠습니다. 말씀하시지 않아도 도쿤은 외국의 힘 같은 것은 빌리지 않을 것입니다. 사실은 마키오가 혹시라도 그럴까 하는 생각도 했었습니다만, 역시 구오님의 인격은 훌륭하시군요."

"별말씀을 다 하십니다. 그럼 협정에 동의하시는 걸로 알겠습니다."

"물론입니다. 서로 정정당당하게 결판을 내도록 합시다."

"좋습니다."

두 사람은 일어서서 악수를 했다. 이것으로 정식 회담은 끝난 셈이다.

그러나 모모마루는 악수를 하기 위해 쥔 손을 놓지 않았다. 아직 용건이 끝나지 않았다는 뜻이다.

"할 말씀이 있으면 하시지요."

구오가 말하자 모모마루는 다시 소파에 앉으며 말했다.

"사실은 우리 쪽에서도 이번 싸움에 대해서 여러 가지로 고민을 했습니다만, 결론은 백해무익하다고 나 있는 상황입니다. 이겨도 얻는 건 없고, 지면 망하는 것이니까요."

"……."

"현재 상태로도 충분한 피해를 입었다고 할 수 있습니다. 그래서 가능한 한 싸움을 피하고 싶은 것이 솔직한 우리 쪽 의견입니다."

"예, 그건 이해합니다. 하지만 우리 쪽에서는 도중에 멈출 수 없는 상황이지요. 멈추면 그다음에는 밀릴 수밖에 없으니까요."

"그렇습니다. 이러한 양측의 이해관계는 사실 평화적으로 풀기가 어려운 부분입니다만, 딱 한 가지 원만한 해결책이 있습니다."

"원만한 해결책이라… 말씀해 보시지요."

여기서 싸우지 않고 끝낼 수 있는 방법이 있다고는 구오도 생각할 수 없었다. 하지만 모모마루는 구오도 인정하는 책사, 방법이 있다면 들어볼 가치는 있었다.

구오 역시 방법만 있다면 싸움을 빨리 끝내고 싶었다.

모모마루는 구오의 태도로부터 그런 느낌을 읽을 수 있었다. 싸움을 멈출 수 있는 방법에 대해 귀를 기울인다는 것 자체가 구오의 내심을 대변해 주었다.

'이자도 무조건 싸우겠다는 것은 아니구나!'

보통 야망을 가진 길드 마스터라면 모모마루의 말에는 신경도 쓰지 않을 터였다. 이길 수 있는데, 이겨서 모든 것을 얻을 수 있는데 왜 싸움을 멈추겠는가?

종전을 원하는 것은 언제나 불리한 측이다. 이기는 측은 어떤 이유를 대더라도 멈추려 하지 않는다.

그런데 구오는 멈출 수 있으면 멈추려 한다.

모모마루는 구오가 얼마 전 동맹 길드와의 회의에서 도쿤이 무너지면 마키오를 해체하겠다고 선언한 것을 알고 있다.

회의에 참석한 길드 중에는 도쿤 측에서 밀어 넣은 자가 있다. 말하자면 스파이다.

평소에는 정보를 빼내고, 결정적인 순간 배신을 하여 뒤를 칠 수 있도록 길드 몇 개를 통째로 마키오에 가담시킨 상태였다.

그러나 마키오의 조직 편성은 꽤 훌륭하여 쉽게 뒤통수를 맞지 않게 되어 있었다.

몇몇 길드들이 작전대로 움직이지 않아도, 혹은 배신을 하고 오히려 아군을 공격하더라도 혼란을 최소화할 대비가 되어 있었다.

그래서 모모마루는 이들 길드의 운용에 대해 고심하고 있었는데 이번에 결정적인 정보를 보내온 것이다.

그러고 보니 과거 구오는 서북 길드 연합의 가입 권유도 두말없이 받아들였다.

의외로 평화를 좋아하는 성격일지도 모른다. 하지만 반대로 한번 싸우면 인정사정없다. 아군의 손익을 떠나서 우선 적을 철저하게 부수려 한다.

여기서 모모마루는 한 가지 가능성을 찾아냈다.

"우리 도쿤이 과거 마키오에게 몹쓸 짓을 한 것을 인정합니다. 그 이유로 마키오가 도쿤을 공격한 것은 당연하지요. 하지만 이건 아셔야 합니다. 이가 없으면 잇몸이 시리다고, 도쿤이 없으면 반 제국은 앞으로 다른 극동의 강자들에게 밀릴 수밖에 없습니다. 구오님의 능력을 의심하는 것은 아니지만 과연 마키오가 도쿤을 대신해서 그들과 대등하게 싸울 수 있겠습니까?"

"……."

구오는 대답을 하지 않았다.

원래부터 그 부분이 가장 신경 쓰이기도 했지만 지금은 할 수 있고 없고를 떠나서 아예 길드에서 손을 떼고, 혼자만의 강함을 위해 떠나려 하는 참이었다.

모모마루는 구오의 침묵을 기대했던 반응이라 판단하고는 속으로 쾌재를 불렀다.

"손해를 끼친 것은 배상하면 되고, 틀린 것은 고쳐서 옳게 만드는 게 가장 좋습니다. 틀리다고 무조건 부수고 없애야 한다면 결국 남는 것은 폐허뿐입니다. 그렇게 생각하시지 않습니까?"

"모모마루님의 말씀이 틀린 것은 아니지만, 세상일이라는 게 그렇게 간단한 것은 아니죠. 솔직히 말해서 난 내가 죽을 거 같으면 차라리 같이 죽는 길을 택할 겁니다."

도쿤을 믿을 수 없다. 그렇기 때문에 아무리 도쿤 없이는 앞으로 국제사회에서 힘들다고 해도 도쿤을 그냥 놔둘 수는 없다.

이건 몇 번이나 나온 말이었다.

구오는 모모마루가 아무리 말을 바꿔서 대의명분을 내세워도 이 부분에 대해서는 결코 타협할 마음이 없었다.

모모마루도 잘 알고 있다는 듯 고개를 끄덕였다.

"문제는 마키오가 도쿤을 신용할 수 없다는 점이겠죠. 그렇기 때문에 이번에 도쿤에서는 한 가지 특별한 제안을 준비했습니다."

"말씀하십시오."

"바로 도쿤과 마키오의 통합입니다. 그리고 새로운 길드장으로 구오님을 모시고 싶습니다."

"허, 도쿤을 저에게 넘기겠다는 말씀이십니까?"

확실히 이 부분에 이르러서 구오는 놀랐다. 모모마루는 문자 그대로 회심의 일격을 준비해 온 것이다.

서로 싸우던 두 길드의 통합, 그것이라면 해결할 방법이 없는 것은 아니다.

모모마루는 계속 설명했다.

"지금 구오님께서 도쿤을 지휘하게 된다면 대부분의 갈등 요소가 해소될 수 있습니다. 뿐만 아니라 다른 대부분의 길드들의 힘도 합쳐서 오히려 전보다 더한 규모가 될 수 있습니다. 그야말로 반 제국을 하나로 모아 외국의 강호들을 압도하고 극동 최강이 될 것이라고 생각합니다."

"으음……."

"만약 이 제안을 승낙하신다면 우리 기획사에서는 기존의 길드 업무로부터 손을 떼고 구오님과 협력하여 연예 기획 업무에 집중할 것입니다. 길드 운영의 일차적인 부분에는 결코 간섭하지 않겠다고 약속드릴 수 있습니다."

통합!

극동제패!

이건 강한 유혹이다. 무엇보다 모모마루의 말은 정론이기에 구오도 쉽게 대답을 할 수 없었다.

물론 도쿤이 거짓으로 일을 꾸밀 수도 있다. 하지만 정식으로 발표를 하고 구오가 길드장의 자리에 앉게 되면 간부 설정부터 각 도시의 지휘권까지 모두 가지게 된다.

도쿤이 차후에 개입하려 해도 그때에는 얼마든지 막을 방법이 있고, 정 안 되면 극단적인 선택을 해서 아예 판을 부숴버릴 수도 있다. 그러니까 길드 해체라는 궁극의 수단이 길드장에게는 있는 것이다.

그만큼 길드장의 권한은 크다. 혼자도 아니고, 기존의 마키오 길드원들과 다른 길드 연합의 도움 또한 있다.

여러 가지 점을 생각해 볼 때, 구오가 이용만 당하고 버려질 가능성은 적다. 오히려 도쿤이 구오의 눈치를 봐야 한다.

구오가 다른 기획사에 길드를 통째로 팔아넘겨 버리면 도쿤은 그야말로 망하는 셈이었다.

'하기야, 이대로라도 망하는 셈이지.'

구오는 납득을 했다. 적어도 모모마루의 제안에 음모나 거짓은 느껴지지 않았다.

그러나 이렇게 중요한 일을 단번에 정할 수는 없다. 일단 구오는 재삼 자신이 빠뜨린 부분이 있나 생각을 정리했다.

없었다.

정말 도쿤과 마키오를 통합시키고 기존의 도쿤 지휘부가 기획사 업무에 집중한다는 건 믿기 어려울 정도의 제안이었다.

그만큼 도쿤은 모든 것을 양보하는 셈이다.

그것도 국제 관계에서 일본 유저들이 힘을 잃지 않게 하기 위한다는 완벽한 대의명분까지 있었다.

'그런데 왜 이렇게 찜찜하지?'

구오는 모모마루를 보았다.

영문을 알 수는 없지만 승낙하면 안 될 것 같았다. 하지만 상대가 이렇게 큰 제안을 했을 때 이유없이 거절한다는 건 말이 되지 않는다.

승낙을 하면 도쿤의 세력까지 포함하여 일본의 영역인 반 제국 전체가 거의 통합된다. 그 뒤에는 무서운 기세로 개척에 집중할 수 있을 것이다.

거절을 하면 도쿤을 밀어내고 반 제국에 새로운 질서를 세울 수 있다. 혼란 기간이 좀 있겠지만 어떻게든 정리가 되리라.

순간 구오는 다른 생각을 했다.

'이분법이란 가장 안 좋은 선택이다. 이것이 어떤 음모를 내포하고 있다면 승낙하든 거절하든 문제가 될 터.'

뭐가 찝찝한지 드디어 알았다.

모모마루가 비장의 카드를 내밀자 구오는 둘 중 하나를 선택해야 하는 입장이 되어버렸다.

그런데 모모마루 정도의 책사라면 구오가 거절했을 때에도 어떻게 하겠다는 계획이 서 있을 것이다.

실제로 구오가 이번 제안을 거절하면 대의명분 자체가 흔들릴 수 있다.

'왜냐하면 난 외국인이니까.'

놀랍게도 모모마루는 절대적으로 불리한 상황에서 제안

하나로 반격을 해온 것이다.

거절할 수 없는 제안.

그렇다면 승낙을 해야 한다. 그런데 승낙을 하는 것도 마음이 내키지 않는다.

구오는 가볍게 심호흡을 했다.

'집중하자. 지금 딴생각을 할 때가 아니다. 내가 떠날 생각이 앞서서 일을 망칠 수는 없다.'

구오는 문제가 자신의 마음속에 있다는 것을 깨달았다.

지금까지 그는 마키오의 생존과 승리만을 생각하고 모든 노력을 아끼지 않았는데, 사부와 마주한 후에는 마키오의 일보다는 자신의 레벨 업에만 의식이 쏠려 있었다.

이래서야 길드장으로서의 의무를 다했다고 할 수 없다. 지금 구오의 말 한마디에 수만 유저들의 미래가 바뀔 수도 있다.

"어떻게 하시겠습니까?"

모모마루가 살짝 재촉을 했다. 의도적으로 구오의 생각을 흐트러뜨리려 타이밍을 맞추어 침묵을 깬 것이다.

하지만 그건 모모마루의 의도와는 반대의 결과로 나타났다. 구오는 모모마루의 목소리를 듣는 순간 또 다른 생각을 했다.

'제3의 선택을 해야 한다. 반대를 하든 승낙을 하든 상대가

의도하는 대로 흘러갈 수밖에 없다.'

구오는 가볍게 미소를 지으며 모모마루에게 말했다.

"일단 확인이 좀 필요할 것 같군요."

"확인이라니요?"

"제가 모모마루님을 무시하는 건 아닌데, 길드 통합에 관한 일이라면 당연히 키리칸님께서 직접 제안을 하셨어야 하지 않겠습니까?"

"저는 사장님으로부터 전권을 위임받았습니다. 그리고 사장님은 아직 치료를 받고 계시니, 꼭 사장님과 직접 만나서야 하겠다면 2주 정도 기다려 주십시오."

"저는 이번 제안이 키리칸님의 결단이라는 확인만 하면 됩니다. 잠깐 접속하는 것은 상관없지 않겠습니까?"

구오의 말은 노골적으로 모모마루를 의심하고 무시하는 뜻을 담고 있었다. 말하자면 혹시 모모마루가 일을 꾸미며 사장도 모르는 통합 건을 주도할 수도 있다는 것이다.

사실 이건 억지다. 그런 일은 있을 수도 없고 있어서도 안된다. 만약 이 제안이 거짓이라면 모모마루는 그대로 매장되고, 도쿤 자체도 영원히 바보가 된다.

하지만 구오는 시간을 끌어야 했다. 상대가 불쾌해해도 상관없었다.

이론적으로 말이 안 되는 것은 아니다. 모모마루가 미쳤다면 월권 행위를 할 수도 있는 것이다.

"죄송합니다. 워낙 큰일이라 키리칸님의 말씀을 한마디라도 들어야 일을 진행할 수 있을 것 같습니다."

구오가 살짝 사과를 하면서도 강경한 뜻을 밝히자, 모모마루는 크게 기분 나빠하지 않고 그 제안을 받아들였다.

"흐음, 알겠습니다. 그럼 지금 바로 연락을 하도록 하지요."

말이 끝나자 모모마루는 바로 사무실에 연락을 했다.

곧 20분 내로 키리칸이 온다는 연락이 왔다. 가상공간 오피스이기 때문에 접속만 하면 이곳에 들어오는 데에는 시간이 걸리지 않는다.

20분, 그 안에 뭔가 수를 내야 한다.

구오는 겉으로는 태연하게 모모마루와 이런저런 대화를 나누는 한편 머리 한쪽은 최대한 열심히 궁리를 했다.

말이 제3의 제안이지, 그런 게 갑자기 하늘에서 뚝 떨어질 리가 없다.

'쩝. 난 주먹 말고 머리 쓰는 데에는 천재가 아니었나?'

구오는 씁쓸한 미소를 지었다. 뭔가 방법이 있을 것 같은데 그게 뇌의 표층세포에 전달되지 않는 느낌이랄까?

시간은 속절없이 흘러 드디어 키리칸이 사무실 문을 열고 나타났다. 얼굴의 혈색이 아직도 하얀 것이 충격에서 완전히 깨어나지 못한 듯했다.

키리칸은 손을 내밀어 악수를 하고 바로 용건을 말했다.

"의사가 무리를 하면 안 된다고 해서 바로 나가봐야 할 것 같습니다. 통합 건에 대한 모든 것은 여기 모모마루에게 맡겼으니 저한테 신경 쓰지 말고 진행해 주십시오."

"죄송합니다, 힘든데 오시라고 해서."

"별말씀을. 원래는 제가 직접 추진해야 할 일인데 몸이 안 좋아서 실례를 하게 되었습니다."

키리칸은 시간이 없는 듯 말을 끝내자마자 모모마루를 보면서 뒤를 부탁한다고 말한 후 바로 나가 버렸다.

정말 의사가 접속을 못하게 말렸나 보다 하고 생각하니 구오는 괜히 미안한 느낌이 들었다.

'아니지, 그게 아니란 말이야. 몸이 아주 안 좋으면 아예 접속이 안 되잖아!'

갑자기 떠오른 생각. 가상공간에 접속을 하기 위해서는 비씨피가 70% 이상인 상태여야 한다. 감기만 심하게 걸려도 접속을 못하기 쉬운데, 병원에 입원해서 골골대는 환자가 접속이 가능할 리가 없다.

얼마 전 영주전 날에도 키리칸은 접속을 하려 했다. 그렇다면 지금쯤은 거의 정상이나 다름없는 상태가 되었을 것이다.

'과연, 그렇다면 이번 합병 건은 꼭 키리칸이 아닌 모모마

루가 처리해야 할 이유가 있다는 소리군.'

음모다. 무슨 음모인지는 몰라도 절대로 순수하게 액면으로 해석할 일은 아니었다.

그렇다면 역시 거절을?

아니다.

아까도 생각했지만 거절을 하는 순간 대의명분은 도쿤에게 넘어가 버린다.

도쿤은 이렇게 소문을 낼 것이다.

마키오의 수장인 구오는 외국인이다. 그래서 반 제국 지역이 국제사회에서 어떻게 되어도 전혀 신경 쓰지 않는다.

마키오가 우리 도쿤을 대신해서 반 제국을 이끌면 그것은 바로 외국에 나라를 통째로 넘기는 것과 다를 바 없다.

이건 먹힌다. 그러니까 거절이란 있을 수 없는 제의다.

'그렇다면 승낙을 한 후에 이놈들이 어떻게 나오는지가 문제로군.'

역시 도쿤은 나쁜 놈이다.

한 번 적은 끝까지 적! 밟아야 한다.

마음속으로 결단을 내리니 갑자기 머리가 활발하게 돌아가기 시작했다.

사실 구오의 머리 구조는 적을 치는 데에 최적화되어 있는데, 모모마루의 말을 듣고 잠시 도쿤을 적이라고 인식하지 않았다.

그러나 이제 다시 도쿤을 적이라고 확실하게 규정짓자, 상대할 방법이 신기할 정도로 선명하게 그려졌다.

'훗, 생각해 보니 이런 큰일을 내가 직접 결정할 필요는 없잖아.'

머릿속이 완전히 정리가 된 구오는 여유있게 웃으며 말했다.

"그럼 이제 진지하게 대화를 계속해 보죠."

"그게 좋겠습니다. 좋은 일은 서두르는 게 좋으니 시간 끌지 말고 이 자리에서 결정합시다."

"그게 그렇게 간단하지가 않습니다. 모모마루님께서 이미 알고 계시리라 생각합니다만, 얼마 전 우리 마키오를 비롯해 몇몇 길드가 연합을 결성했습니다. 그러니 이번 일은 정식으로 연합의 안건으로 올려서 회의와 투표를 통해 결정하겠습니다. 그렇게 해도 괜찮겠습니까?"

"흠, 일단 내부 공표를 하고 모두의 의견을 모으겠다는 말씀이시군요. 알겠습니다. 그럼 언제까지 답을 주시겠습니까?"

"급한 일이니 내일 바로 회의를 열어 끝나는 대로 연락을 드리겠습니다. 아니면 직접 회의에 참석하셔도 좋습니다."

"그게 좋겠습니다. 회의에 참석하게 해주시면 다른 분들께 제가 직접 설명을 하겠습니다."

"그럼 그렇게 하지요."

이것으로 이날의 대화는 끝났다. 구오는 웃는 얼굴로 사무실의 문을 열어 모모마루를 배웅했다.

탁.

문이 닫히니 이제 사무실엔 구오 혼자 남았다.

구오는 즉시 당삼과 쇼부에게 연락을 했다.

[형, 일이 재미있게 돌아가요. 지금 여유 되시면 바로 오세요.]

[뭔데?]

[도쿤이 우리랑 합병하자고 하네요.]

[뭐? 그게 말이 되나?]

[어이어이, 그럼 우리를 통째로 스카웃하겠다는 건데, 네가 바로 거절을 안 한 걸 보면 가격을 엄청나게 불렀나 보네?]

[반대예요. 도쿤을 통째로 우리한테 넘기겠대요.]

[헐, 내가 보기엔 그거 뭔가 꿍꿍이가 있다.]

[거절하는 게 좋지 않나? 그냥 싸우는 게 나을 듯한데.]

[그렇게 간단한 문제가 아니에요. 일단 오시면 제가 생각한 부분을 말씀드릴게요.]

[알았다. 곧 가마.]

구오는 소파에 앉아 두 사람을 기다리며 천장에 있는 무늬를 멍하니 바라보았다.

"후후훗, 좋아. 그림이 그려졌어."

구오의 머릿속에 하나의 구상이 만들어져 점점 완성되어 갔다. 이제 남은 것은 쇼부와 당삼의 의견을 듣고 실행하는 일뿐이었다.

CHAPTER 07
반 제국 연합

WAR LORD 워로드구오

사안이 워낙 중요한지라 급작스러운 회의임에도 불구하고 아무도 빠지지 않고 전원 참석을 했다.

　전쟁을 멈추고 합병을 한다는 점에 있어서 불만을 가진 사람도 많았다. 왜냐하면 이겼을 때 얻을 수 있는 것이 줄어들고 판이 뒤집히지도 않기 때문이다.

　하지만 그런 마음을 가진 사람들도 이번 합병 건을 쉽게 반대하지는 못했다.

　외국의 개입, 이걸 좋아하는 사람은 없었다.

　이미 대체적인 내용은 다 설명을 했기에 구오는 개회를 선언하자마자 본론으로 들어갔다.

"여기 계신 모모마루님께서 도쿤 측 대표로 참석하셨습니다. 우선 제가 말씀드리고 싶은 것은 이번 합병 건에 대한 저희 마키오의 입장입니다. 전 회의 때 말씀드렸듯이 원래 마키오는 전쟁이 끝남과 동시에 해체할 계획이었습니다. 이후 마키오의 후신이 되는 길드는 원래 본거지인 서북 지역 일대를 중심으로 개척에 집중할 것이고, 연합의 수장이 되는 길드에 적극 협력하는 방향으로 나아갈 생각입니다."

"그렇다면 합병 건에 대해서는 반대하시는 것입니까?"

"아닙니다. 상황이 바뀌었으니 계획도 바뀔 수 있습니다. 단, 제가 생각하는 것은 마키오와 도쿤뿐만 아니라 다크 크로스 길드를 포함한 삼자합병입니다."

"오, 삼자합병!"

"사실 도쿤은 큰 길드이고, 솔직히 말씀드려 지금 도쿤과 합병을 하는 길드는 차후 반 제국 전체에 큰 영향력을 행사하게 됩니다. 그리고 합병 이유가 외국과의 관계 문제인데, 외국인인 제가 수장을 맡는 것은 말썽의 소지가 될 수 있습니다. 전에 말씀드린 마키오 해체 건에 대한 이유도 이와 통했습니다."

구오의 말에 사람들은 모두 고개를 끄덕였다.

도쿤을 무너뜨린 다음, 마키오의 해체 역시 외국인이 반 제국의 일을 주도하지 않겠다는 구오의 결단 때문이었다.

그렇다면 합병을 하더라도 구오는 길드장을 하면 안 된다. 그러나 구오 이외에 아무나 길드장을 맡길 수는 없다. 그럴 경우 도쿤은 단 한 사람만 포섭하면 상황이 완전히 뒤바뀐다.

도저히 거절할 수 없는 유혹으로 길드장 자체를 도쿤 측으로 전향시킴으로써 도쿤은 단숨에 힘을 얻을 것이다.

이에 구오는 다크 크로스 길드를 끌어들였다.

다크 크로스 길드의 길드장인 블랙윈은 나름 이름이 알려진 사람으로, 도쿤과 상당한 인과관계에 있었다.

이 사람을 합병된 길드의 수장으로 세우면 쉽게 도쿤에게 넘어가지 않을 것 같았다.

오히려 직위를 이용하여 기존의 도쿤 세력에게 불이익을 가할 가능성도 있지만, 블랙윈은 꽤 인품이 좋다고 소문난 사람이었다.

구오는 다시 말했다.

"이미 짐작하시겠지만 새로운 길드의 길드장을 블랙윈님께 부탁드리고 싶습니다."

구오가 말을 하면서 손을 들어 블랙윈 쪽을 가리켰다. 그러자 블랙윈이 일어나 모두에게 인사를 했다.

"제가 바로 블랙윈입니다. 어제 구오님으로부터 제의를 받고 많은 생각을 했습니다. 원래 저는 도쿤과는 양립할 수 없는 사이라고 생각하고 있었기 때문입니다. 하지만, 이번 일은 개인의 감정보다는 대국을 우선하는 게 옳다는 결론을 내렸습니다. 만약 제가 길드를 운영하게 되면 도쿤과의 과거 인연은 다 잊고 최선을 다해서 여러분들과 반 제국 전체에 도움이 될 수 있도록 길드를 꾸려 나가겠습니다."

"블랙윈님이라면 믿을 수 있습니다."

"동의합니다."

인망이 있으면 이래서 좋다. 바로 몇 사람이 호응을 하고 다른 길드장들도 크게 반대하지 않았다.

구오는 다시 모모마루를 보며 말했다.

"어떻습니까? 이 제안을 받아들이시겠습니까?"

모모마루는 약간 곤란하단 표정을 지으며 말했다.

"으음… 이 부분은 생각을 좀 해볼 여지가 있습니다. 구오님이라면 우리 측도 인정하겠지만, 아무래도 블랙윈님이라면 기존의 주요 길드원들이 거부감을 느낄지도 모릅니다. 이건 블랙윈님을 무시하는 것이 아니라, 솔직하게 말씀드린 것입니다. 원래 우리 도쿤은 누구에게도 고개를 숙일 마음이 없었습니다. 그러나 구오님이라면, 하는 의견이 나와서 이번 제의를 하게 된 것입니다."

모모마루의 말에도 일리는 있었다.

원래 블랙윈 정도의 사람은 도쿤의 상위 열 명에도 못 낀

다. 그만큼 도쿈의 수준은 높은데, 블랙원의 이름이 그들을 납득시킬 수 있을 리가 없었다.

그러나 구오는 이런 반응을 예상했다는 듯이 말했다.

"원래 우리는 서로 생존을 걸고 싸우던 사이입니다. 그러나 더 큰 무언가를 위해 과거를 모두 잊고 하나가 되려고 합니다. 능력으로 수장을 정하기보다는 인망과 명분이 우선되었으면 합니다."

구오는 거기까지 말하고 다른 사람들을 한 번 둘러보았다.

이들 중 절대적으로 마키오를 편들고 도쿈을 적으로 생각할 사람이 몇이나 될까.

어쩌면 아무도 없을지도 모른다.

그런 만큼 모든 일을 대세의 흐름에 맡겨 아무도 이의를 제기할 수 없도록 처리해야 한다.

"저는 안 됩니다. 도쿈에 계신 분들도 상황에 맞지 않습니다. 그러니 지금은 불만이 있더라도 블랙원님을 중심으로 모이는 것이 좋지 않겠습니까?"

싫으면 말고, 구오는 속으로 이 말을 삼켰다.

합병을 하자고 제의를 한 것은 도쿈 측이다. 여기에 다시 대의명분을 앞세워 다른 조건을 달았다. 도쿈 측으로서는 곤란할 만한 조건이었다.

거절을 하려면 도쿈이 해야 하고, 일이 성사되어도 구오는 얽매이지 않을 수 있었다.

'거절해 주면 고맙지. 흐흐흐.'

어느 쪽이라도 구오에겐 계획이 있었다. 어제까진 모모마루에게 계획이 있었을지 모르지만 이제는 반대다.

모모마루는 잠시 고민을 하다가 구오에게 물었다.

"그렇다면 일단 회의를 진행하셔서 그 조건으로 안건을 통과해 주십시오. 그러면 제가 사장님을 설득해 보겠습니다."

"좋습니다."

구오는 미소를 지었다.

그 뒤로 회의는 착착 진행되어 몇 가지 조정사항을 거치며 구오가 의도한 대로 일이 결정되었다.

구오는 마지막으로 말했다.

"이번 합병과 연합으로 반 제국의 대부분의 유저들은 하나가 되었습니다. 적은 내부에 있는 것이 아니라 제국의 밖에 있습니다. 우리는 세계로 나가야 합니다."

"오, 세계!"

"비가 온 뒤에 땅이 굳어지듯이 과거 도쿤의 힘으로만 외국과 경쟁하는 것이 아닌, 제국 전체가 한 덩어리가 되었으니 이제는 충분히 국제사회를 주도할 수 있을 것입니다. 외국인인 제가 꼭 기뻐해야 할 상황은 아니지만 제가 캐릭을 만든 곳이 여기 반 제국이니 반 제국의 번영을 진심으로 기원합니다."

짝짝짝짝짝짝짝짝—

열화와 같은 박수가 쏟아졌다.

구오는 모든 것을 버려야 할 상황에서 마음을 비우고 일을 처리함으로써 모든 것을 얻었다.

모모마루는 묘한 눈빛으로 구오를 보았다. 끓어오르는 질투심을 겉으로 드러내지 않기 위해 호흡을 골랐다.

"그럼 결정이 된 듯하니 저도 사장님께 정식으로 보고를 하겠습니다. 가능하면 이번 길드 연합의 제안을 긍정적으로 받아들이는 쪽으로 최대한 노력할 것을 약속드립니다."

짝짝짝짝—

다시 약간의 박수 소리가 회의장에 울려 퍼졌다. 모모마루는 정중하게 인사를 하고 회의장을 나섰다.

*   *   *

쾅, 콰지직—

"뭐라고? 구오 그 새끼도 아니고 블랙윈 따위가 길드장을 하겠다고? 그게 말이 되냐? 이건 완전히 우리를 굴욕하기 위한 도발이 아닌가!"

하라타 사장은 다시 눈이 돌아 애꿎은 책상을 부수었다. 뿐만 아니라 부서진 책상 조각을 들어 오자와에게 던지려고 했다.

"사장님, 고정하십시오."

"지금 고정하게 생겼어? 애초에 네놈 말을 믿고 일을 추진한 것도 마음에 들지 않는데 말이다."

하라타 사장은 얼굴이 새빨갛게 변해 이를 갈았다.

오자와는 살짝 고개를 숙인 채 차분한 목소리로 하라타 사장을 설득하기 시작했다.

"차라리 잘되었습니다. 길드장이 블랙윈이라면 우리의 계획대로 진행하기가 더욱 쉽습니다. 일 년 사이에 도쿤은 모든 길드를 통합하고 반 제국 전체를 장악할 수 있을 것입니다."

"흥, 그게 말처럼 쉬울까? 일단 구오란 놈은 네놈의 예상대로 전혀 움직이지 않잖아. 합병 계획이란 강대한 적을 길드장의 위치에 묶어놓고 내부에서부터 차츰 약화시킨 후, 주변 세력을 흔적도 남기지 않게 제거해 가야 한다고 하지 않았나?"

"……"

"구오란 놈이 그 꼴을 당하는 걸 보고 싶은 일념에 네놈이 갑자기 합병 건 이야기를 꺼냈을 때 장단을 맞춰줬다. 그런데 그놈이 도망가 버리면 난 이 분통을 어디서 풀란 거지?"

합병 계획이란 이 기획사를 처음 만들 때 오자와가 만약의 경우를 위해 만든 몇 가지 비책 중 하나다.

오자와는 만약 국내에서 정말 힘으로 상대하기 어려운 적을 만나면 이 계획으로 상대하자고 하라타에게 제의한 바 있었다.

하라타는 그때 오자와를 완전히 신뢰한다는 의미로 이 계획의 발동에 대한 권한을 오자와에게 넘기고, 오자와가 일단 합병 건을 끄집어내면 무조건 동의하기로 약속했다.

그런데 이번에 오자와가 구오를 만나다가 갑자기 합병 계획을 발동시킨 것이다.

물론 과거의 약속 따위는 상관하지 않고 오자와를 자르고 합병 따위는 말도 안 된다고 말해도 된다.

하라타는 어떻게 할까 고민을 하다가 구오를 강적으로 인정하고 오자와의 결단에 따라 움직였다.

합병을 안 해도 이대로 가면 도쿤이 위험해질 수 있고, 일단 안 한다고 하면 오자와는 더 이상 도쿤을 위해 일하지 않을 가능성이 컸기 때문이다.

그 뒤에 오자와가 돌아와 자초지종을 설명했다.

하라타는 구오가 제안한 일이 외국 길드의 지원 제한에 대한 것이었다는 소리를 듣고 오싹한 느낌을 받았다.

외국 지원에 대한 일은 하라타와 오자와 단 두 사람만이 알고 있는 일로, 아직 추진도 하지 않았는데 기다렸다는 듯이 그걸 막는 제안을 한 것이다.

한 번 귀신을 본 하라타는 구오가 어떤 점이라도 쳐서 미래를 예측한 게 아닌가 하는 생각마저 했을 정도다.

어쨌거나 합병 계획을 추진하기로 했는데, 그것마저 구오는 피해가려 한다.

오자와는 하라타의 심정을 잘 안다는 듯이 조심스럽게 말했다.

"사장님, 생각해 보십시오. 상대가 아무리 먼저 현실과 가상공간의 일을 분리하자고 했지만, 사람 일이란 게 모르는 거 아니겠습니까? 만약 그자가 완전히 궁지에 빠지면 어떤 짓을 할지 예측하기 어렵습니다. 아무래도 귀신을 부리는 자라⋯⋯."

"으, 그, 그건 그렇군."

상대는 현실의 힘이 통하지 않는다. 오히려 이쪽을 위협할 수도 있다. 하라타는 그걸 다시 상기하고는 움찔했다.

귀신에 대한 공포가 구오에 대한 분노보다 강했다.

"험, 어쩔 수 없지. 그물을 빠져나간 고기엔 미련을 버리고, 앞으로 계획이나 잘 추진하라고."

결국 하라타 사장은 구오를 포기했다. 이가 갈릴 정도로 미운 상대지만 가장 중요한 것은 자신의 목숨이었다.

진해 법사도 하라타가 한 번 더 귀신을 본다면 건강에 크게 안 좋을 거라고 말한 바 있다.

진해 법사의 법경으로 빠르게 정신적인 충격에서 벗어난 하라타였기에 그의 말에는 귀를 기울일 수밖에 없었다.

"옛, 사장님께서 결단을 내리셨으니 도쿤은 일이 년 이내에 반 제국 전체를 완전히 손에 넣고 극동 최강이 될 수 있을 것입니다."

"그래야지. 틀림없이 그래야 한다."

그때가 되면 구오란 자가 무엇을 하려고 해도 도쿤의 힘을 넘볼 수 없을 것이다. 그 이후에 그자를 어떻게 처리할지 결정해도 늦지 않다.

하라타는 이제 구오에 대한 무분별한 분노로부터 벗어나 냉정하게 야망을 불태우기 시작했다.

*   *   *

한쪽에서 음모를 꾸밀 동안 다른 한쪽이 놀고 있으란 법은 없었다.

구오는 당삼과 쇼부와 함께 앞으로의 일에 대해 상의하고 있었다.

"그럼 넌 떠나겠다는 소리군."

"그래요. 이제 당분간은 제가 없는 게 나아요."

"그럼 난 기존의 마키오를 키우고?"

"예, 당삼 형님께서 새로운 길드장이 되시면 모두 따를 거예요."

"그거야 전부터 어느 정도 상의한 바가 있는데, 불안한 건 쇼부 쪽이다. 내가 생각하기에 쇼부가 도쿤의 운영에 참가하는 건 좀 위험할 수 있어."

구오가 당삼과 쇼부에게 부탁한 것은 이렇다.

당삼은 마키오의 후신 길드를 맡고, 쇼부는 블랙윈을 도와 도쿤의 운영을 담당하는 것.

그러나 당삼은 쇼부와 서로 떨어지는 것이 별로 마음에 내키지 않았다.

블랙윈의 다크 크로스에도 인물이 없는 게 아닌데 굳이 쇼부를 그쪽에 넣으려는 구오의 심정이 이해가 되지 않았던 것이다.

"솔직히 난 쇼부처럼 길드의 시스템을 잘 구축해 나갈 자신이 없어. 나 혼자라면 아무래도 주먹구구식이 될 거다."

"마키오는 이미 정리가 잘되어 있으니 크게 신경을 쓰지 않아도 될 거예요. 지금 중요한 건 쇼부 형 쪽이에요."

"나한테 원하는 게 뭐지?"

듣고만 있던 쇼부가 구오에게 물었다.

"도쿤 규모의 길드를 운영할 수 있는 시스템이죠. 직접 해 보시면 아무래도 경험도 생기고 기존 도쿤 사람들로부터 노하우도 얻어낼 수 있지 않을까요?"

"음, 그렇군. 확실히 이론과 실제는 다르니 도쿤의 운영에 참가하는 것도 미래를 위해 나쁘지 않겠어."

쇼부는 해볼 생각이었다. 사실 그는 구오가 이 제의를 했을 때 상당히 기뻤다.

원래부터 큰 길드를 운영해 보고 싶었던 그였기에 이 기회에 경험을 얻으라는 구오의 말이 크게 마음에 와 닿았다.

"허, 그럼 구오 넌 그냥 떠나는 게 아니라 나중에 도쿤만 한 길드를 만들 생각이냐?"

"아직 제 마음을 모르겠어요. 하지만 적어도 만들고 싶어도 못 만드는 상황에 직면하기는 싫거든요."

"네 말뜻은 알겠다. 그럼 그렇게 하자."

"알았다. 나도 기다리지."

"고마워요. 하지만 그냥 기다리는 게 아니라 두 분 다 따로 준비할 게 있어요."

"그게 뭔데?"

"제 예상이 맞다면 도쿤은 무슨 수를 써서든 세력을 회복하고 다시 반 제국의 주도권을 잡을 거예요."

"그럴 가능성이 크지."

"당연히 블랙윈님도 제거당할 거고요. 아마 그때에는 지금 도쿤에 대적했던 대부분의 길드들이 크게 위협을 당하겠죠."

"그렇지. 가능하면 그렇게 안 되게 해야겠지만 일단 도쿤이 힘을 되찾으면 막기 어려울 거야."

쇼부가 의아한 표정으로 물었다.

"그런 생각을 하면서 너는 왜 이번 일을 받아들인 거지?"

"쇼부 형, 제 생각에는 지금 도쿤을 무너뜨리는 건 옳지 않아요. 그들이 주장한 대로 외국과의 힘의 균형이 깨지면 모두가 고생을 하니까요."

"그래서? 그렇다고 해도 도쿤에게 다시 주도권을 넘겨줄 수는 없잖아."

"옷, 방금 생각난 건데 혹시 너 도쿤이 다시 발호를 못하도록 억제할 수 있는 방법이 있는 거냐?"

당삼이 갑자기 기대에 찬 눈으로 구오에게 물었다. 구오가 거기까지 생각하고 있는데 그냥 쉽게 적의 의도대로 가는 성격은 아닌 것이다.

그걸 누구보다도 잘 알고 있는 두 사람이기에 구오의 의도가 궁금했다.

하지만 구오는 한숨을 내쉬며 고개를 저었다.

"그랬으면 좋겠는데, 안타깝게도 그쪽으로는 좋은 생각이 안 나더라고요."

"쩝. 그럼?"

실망한 두 사람, 그런 둘을 놀리기라도 하듯 구오는 갑자기

회심의 미소를 지으며 말했다.

"대신 도쿤이 다시 힘을 얻고, 그 위에 지금까지처럼 악명을 얻을 만한 행동을 자행하면… 그때에는 도쿤을 완전히 무너뜨릴 만한 계획이 떠올랐거든요."

"오오옷!"

"완전히 무너뜨릴 수 있다고?"

"예, 그러기 위해서는 지금부터 준비를 잘해야 돼요. 형님들이 계속해서 수고를 해주셔야 하니 부탁을 좀 드릴게요."

"무슨 일이든지 말만 해라. 그놈들에게 진짜 제대로 한 방을 먹일 수만 있다면 내 평생 쌓인 숙변이 내려갈지도 모른다."

"훗. 이건 죄와 벌 작전이라고 제가 이름 붙였는데요. 일단 쇼부 형님은 도쿤으로부터 매달 일정양의 자금을 확보해 주시고요. 당삼 형님은 그 자금으로 따로 몇 개의 비밀 조직을 만들어주셔야 해요. 블랙원님께서 쇼부 형님을 적극 도울 테니 최대한 협조하시고요."

"그럼 블랙원님도 우리 계획에 참가하는 건가?"

"그분의 역할이 무척 크죠. 최대한 도쿤을 제어하셔야 하니까요. 정식으로 이쪽 계획이 움직이는 것은 블랙원님이 도쿤을 감당하지 못하고 제거되시는 시점이고요."

구오는 차근차근 자신의 머릿속에 있는 계획을 당삼과 쇼부에게 설명했다.

전부 다 말한 것은 아니지만 기본 골격은 숨김없이 밝혔기에 만약 이들 두 사람 중 한 명이라도 없다면 계획은 실패한다고 봐도 될 것이다.

구오의 설명이 끝나자 당삼은 웃으며 말했다.

"재미있군. 네 계획대로라면 도쿤 놈들은 모든 것을 얻었다고 믿는 상황에서 망하는 길로 접어드는 거구나."

"욕심과 악사로 얻은 힘과 재물은 허깨비와 같은 거죠. 사실 지금 상황만 해도 도쿤이 반성을 할 만한 계기라고 보는데, 절대로 반성하는 분위기는 아닌 것 같거든요."

"흐흐흐, 다 날리기 전까진 절대 반성할 놈들이 아니다."

"그렇죠? 그럼 이 계획대로 갈게요. 제가 없는 동안 잘 부탁드려요."

"알았다. 염려 마라."

그렇게 모든 일이 결정되니 이제 구오는 사라질 일만 남았다. 길드 연합 측과 도쿤 양쪽에서 구오가 사라지는 것에 대해 납득했고, 그 이유도 안다.

하지만 아무도 구오가 길드 업무에서 몸을 빼내 개인의 레벨 업에 집중해야 하는 또 하나의 이유에 대해서는 알지 못한다.

당삼과 쇼부도 이 일은 모르기 때문에 그들은 구오가 미래

의 계획을 위해 암중으로 많은 준비를 할 것이라 생각하고 구
오가 다시 돌아올 날만 기다리기로 했다.

*   *   *

며칠 후, 도쿤이 정식으로 삼자합병 제안을 받아들임에 따
라 마키오와 다크 크로스, 그리고 도쿤이 합병을 했다.

통합된 대길드의 길드장은 이전 다크 크로스 길드의 길드
장인 블랙윈이고, 쇼부는 참모 중 하나로 블랙윈의 측근이 되
었다.

당삼 역시 계획대로 기존 마키오 지역의 지역장이 되어 서
북 지역으로 돌아가게 되었다.

원래 도쿤 측 지도부에 있던 사람들 중 기획사 업무를 담당
하던 사람들은 길드에서 탈퇴하여 기획사 업무에만 집중하기
로 하고, 남은 사람들은 블랙윈이 임명하는 대로 각 지역의
지역장이 되어 흩어졌다.

새로운 길드의 이름은 뉴도쿤이라고 정했다.

도쿤이 사실상 길드를 통째로 넘기는 대가로 이름을 도쿤
그대로 하자고 요청을 해왔는데, 구오는 이를 받아들였다.
단, 과거와는 다른 좋은 길드라는 뜻으로 뉴를 붙였다.

이렇게 되자 그다음엔 반 제국에 있는 대부분의 길드들이

모두 연합하여 하나가 되었다.

완전히 통합을 하는 것은 아니지만 서로 불가침 조약을 맺고 개척에 집중하기로 한 것이다.

뉴도쿤은 길드 연합의 수장으로서 막대한 영향력을 행사할 수 있게 되었는데, 블랙윈은 이것을 자신만의 이익이 아닌 모두가 어느 정도 받아들일 수 있게 사용했다.

그 결과 뉴도쿤의 힘은 점점 강해지고, 과거 구오가 부수었던 채롯 성채 도시의 재건도 착수할 수 있게 되었다.

또한 다른 극동 사천왕은 이번에 관심있게 지켜본 반 제국의 내분이 반전에 반전을 거듭하여 오히려 더욱 저력있는 하나의 거대한 세력으로 발전한 것에 놀라는 한편, 저마다 축하 사절과 우호의 제스처를 보내왔다.

그들이 적으로 돌리면 안 되겠다고 판단할 만큼 반 제국의 세력이 강해졌다는 의미였다.

이 모든 일들과 더불어 구오의 명성은 나날이 높아졌다.

구오가 욕심을 버리고 대의를 세움으로써 반 제국이 강해졌다는 전문가들의 의견이 심심치 않게 인터넷에 올라왔다.

그것을 부정하는 사람은 많지 않았다.

구오!

사람들은 처음에는 구오의 강함에 매료되었고, 그 뒤에는 대국을 위해 희생하는 정신에 감동했다.

구오가 사람들 앞에 모습을 드러내지 않게 되었지만 반 제국의 사람들은 구오라는 이름을 잊을 수가 없었다.

일이 잘 풀리면 구오의 덕분이라고 말했고, 반대로 안 풀리면 구오가 있었으면 쉽게 해결이 되었을 텐데, 하고 푸념했다.

구오가 계속 그들과 같이 있었으면 실망도 할 수 있고, 조금 더 냉정한 평가도 했을 것이다.

하지만 이미 사라진 상황인지라 구오의 존재는 일종의 판타지화되어 버렸다.

반 제국이 낳은 전설적인 영웅!

그것이 바로 구오다.

*   *   *

"중도 아저씨, 오랜만이에요."

[준호냐? 잘 지내고 있나 보구나.]

"예, 저야 뭐 아시잖아요. 그런데 중도 아저씨는 살이 좀 빠지셨네요."

[으윽, 말도 마라. 근데 너 가능하면 이쪽으로 돌아올 마음 없냐? 내 너를 사형에게 바치고 나 혼자 살고 싶은 마음은 없는데, 그래도 여기 사정이 좀 빡세긴 하구나.]

강중도는 정말 안쓰러운 표정을 지었다. 무술이나 게임이 아닌 연기로 가도 대성했을 만한 인상적인 모습이었다.

준호는 고개를 갸웃하며 말했다.

"어, 사부님께 말씀 못 들으셨어요? 저 사부랑 쇼부쳤어요."

쇼부를 쳤다는 말은 뭔가 협상했다는 뜻이다. 강중도는 놀란 표정으로 준호에게 되물었다.

[잉? 이미 사형하고 만났냐?]

"만난 건 아니고, 화상 채팅을 좀 했죠."

[어떻게 쇼부를 봤는데?]

"사부가 만렙 찍으면 그때 일대일로 붙어서 이긴 사람 마음대로 하기로 했죠. 그러니까 캐삭빵인 셈인데요."

캐삭빵! 진검 승부!

강중도는 언제 자신이 안쓰러운 표정을 지었냐는 듯 두 눈을 반짝반짝 빛냈다.

[오호, 사형이랑 정식으로 붙겠다고? 그거 재밌겠다. 우리도 구경해도 되는 거니?]

"그거야 뭐, 상관있나요? 그런데 한국은 괜찮은 건가요?"

[뭐가?]

"사부님 때문에 하이엔드 길드가 많이 약해졌잖아요? 제가 이쪽에서 활동하다 보니 하이엔드 길드가 극동 사천왕으로 존재하기 때문에 한국의 유저들이 국제무대에서 서러움을 덜받는 것 같은데, 이대로라면 문제가 있지 않을까요?'

[에휴, 문제가 왜 없겠냐? 나도 그것 때문에 미치겠다.]

이번에 개발된 더 지존은 시간이 지나면 지날수록 인접국가와의 갈등이 심해질 수밖에 없는 시스템이었다.

왜냐하면 둥근 원의 모양을 한 대륙을 바깥쪽에서 안쪽으로 개발을 해나가기 때문에 시간이 지나면 지날수록 공존하기가 어려웠다.

또한 개발이 늦어진 곳은 이미 선점한 곳을 뚫어야 계속 개발을 진행할 수 있으니, 어떻게 보면 국가 간 분쟁을 강요하는 잔인한 시스템이라고도 볼 수 있었다.

이에 대부분의 게이머들은 국가 단위로 단결하는 추세였다. 유럽 같은 곳은 아예 유럽 공동체를 최대 이용한 대규모 연합을 추진한다는 소문도 있었다.

반대로 극동 지방은 아직 단결의 기미가 없으니 누군가 주도권을 잡을 때까지 문제가 계속 발생할 것이다.

그런데 한국의 경우에는 중심이 될 만한 하이엔드가 분열을 해버리는 바람에 아직까지 연합을 구성하지 못하고 있었다.

구오가 보기에 만약 사부가 없었다면 강중도의 능력과 성격상 능히 연합을 구성하여 공동 개발에 박차를 가하고 있을 터였다.

강중도도 그것이 답답한 듯 연신 한숨을 내쉬었다.

"그래도 중도 아저씨니까 대비책은 세워놓으셨을 거 아니에요."

[대비책이고 뭐고, 일단 길드를 좀 쪼개서 따로따로 만들어 놨다. 나중에 다시 합칠 수 있게 말이야. 갸들이 알아서 주변과 연합을 하고 있거든. 하지만 그것도 사형이 버티고 있으면 다 말짱 도루묵이잖니.]

"사부님은 외국을 도신다면서요."

[그래, 이미 나가 있다. 지금 중국 쪽 강자들을 깨고 다니는데, 반발이 장난 아니야. 잘못하면 전쟁이 날지도 몰라.]

어째 일본으로 간다던 사형이 갑자기 중국 쪽으로 방향을 돌리더라니, 이미 준호와 승부를 보기로 했던 것이다.

문제는 중국 사람들의 자존심이다.

중화의 마음이란 것이 어떻게 보면 남의 것을 잘 받아들이고 화합을 주도하는 등 좋을 수도 있는데, 그 가운데에는 자신들이 세상의 중심이 되어야 한다는 굳은 신념이 숨어 있다.

이런 상황에서 독재마인의 행보는 그들에게 있어 변방의 오랑캐가 중원의 호랑이 무서운 줄 모르고 짖는 것으로밖에 받아들여지지 않는다.

"전쟁이야 나겠어요? 아무튼 가능하면 한국 쪽 길드를 재건하시면서 제 부탁 좀 들어주세요."

[뭔데?]

"그러니까요……."

준호는 강중도에게 이번에 도쿤이 제의한 합병 건과 그것을 자신이 어떻게 판단하고 대응했는지, 그리고 앞으로는 어떻게 할 계획인지를 모두 설명했다.

당삼이나 쇼부가 게임을 하면서 만난 믿을 만한 동료라면 강중도는 옛날부터 의지할 수 있는 사람이 아닌가.

사부를 피해 서울에 올라왔을 때에 일본으로 도피성 유학을 보내준 사람도 바로 강중도다.

"이번에 마키오가 도쿤의 제안을 받아들인 이유는 단 하나예요. 외세의 침입에 대항하고, 일본의 단결을 촉진하는 것이죠. 저는 외국인이지만 그 일을 결정하고 스스로 물러남으로써 그들의 신뢰를 얻었어요. 반면에 도쿤은……."

준호는 강하게 말했다.

"도쿤이 이번에 사람들의 인망을 잃으면 그들을 매국노로 몰아붙일 수 있어요. 이쪽은 그냥 도쿤이 정보를 조작하거나 사람들을 완전히 억압하지 못하게 따로 숨통을 틔울 부분만 확보해 주면 됩니다. 그걸 위한 작업은 이미 해놓았으니 때를 기다리면 싹을 틔워 열매를 맺을 겁니다."

[흐, 무서운 놈.]

"일본 전체가 도쿤보다 저를 더 원할 때, 그때 저는 그곳에 돌아갈 거예요. 그전에 사부님과 결착을 내고요."

강중도는 준호의 계획을 듣자 씨익 하고 음흉한 미소를 지었다.

[괜찮은데? 그런 일이라면 이쪽이 부탁하고 싶구나. 염려 마라. 네가 사형하고 결판을 볼 때까지 착실하게 준비해 두마. 그런데 말이다.]

강중도는 갑자기 목소리를 줄여 속삭이듯이 물었다.

[이길 수 있겠냐?]

"예. 이길 수 있어요. 현실이라면 아직 좀 무리겠지만, 가상공간에선 달라요. 여기서도 사부님이 약한 건 아니지만 그래도 전 이길 수 있어요."

[하하하하. 그 말을 들으니 내가 다 속이 시원하구나.]

강중도는 정말 기쁜 마음에 통쾌하게 웃었다. 그가 평생 마음속에 간직한 소박한 소원이 하나 있는데, 그건 바로 사형이 누군가에게 신나게 쥐어 터지는 상황을 보는 것이다.

그러나 반대로 사형이 평생 누구에게도 지지 않은 절대강자로 남기를 바랐기에 이 모순적인 소박한 소원은 이루어져도 기뻐할 수 없는 일이기도 했다.

하지만 만약 준호에게, 그것도 실제로 죽을 일이 없는 가상공간에서라면 사형이 두들겨 맞아도 마음이 아플 일은 없을 것 같았다.

이렇게 내 소원이 이루어지는구나.

강중도는 마음속으로 중얼거리며 주먹을 들어 준호에게 화이팅 하고 응원 포즈를 취했다.

"그럼 그때 보자."

"예. 혹시 무슨 일 있으면 메시지 보내세요."

그 뒤로 준호는 강중도에게 한국의 일들 몇 가지를 묻고는 대화를 끝냈다.

가상 공간에서 펼쳐진 화상채팅 화면이 꺼지자, 준호는 일이 일단락되었다는 안도감에 소파에 등을 기내고 있아 크게 기지개를 켰다.

"끝나셨어요?"

옆에 있던 무가 물었다.

이곳은 무의 가상오피스 안인데, 준호가 강중도와 대화하는 동안 무는 방 옆에 달린 주방에서 간단한 안주를 만들고 있었다.

붉은 포도주 두 잔과 함께 스테이크 샐러드와 고급 모짜렐라 치즈가 담긴 쟁반이 준호와 무의 사이에 놓였다.

"응, 이제 정리가 다 됐으니 당분간 자유야."

"호호호, 잘되었네요. 그럼 내일 떠나요."

"그렇게 하지. 그럼 새로운 출발을 위해 건배."

준호는 포도주 잔을 들어 무와 건배를 했다. 그러고는 포도
주 즙이 약간 남아 있는 무의 입술에 키스했다.

유령인 무와 이래도 되는지에 대해 많은 갈등을 했지만, 이
제는 아무래도 좋았다. 적어도 이 공간에서 무는 실재했고,
매력적으로 준호에게 다가왔다.

둘의 키스는 열정적이고 오래 지속되었다.

CHAPTER 08
대륙 속으로

WAR 워로드구오
LORD

마키오의 모든 업무에서 손을 뗀 구오는 이제 자유의 몸이
다.

"이제는 내 자신이 강해질 때, 만렙이 되어서 돌아오겠습
니다."

구오는 그렇게 말하고는 사람들과 헤어졌다.

그냥 도시 근처의 던전에서 길드원들의 전폭적인 지원을
받으면서 레벨 업을 하는 게 빠르지 않겠냐는 질문에도 웃으
며 고개를 저었다.

"그냥 레벨만 올리려는 게 아닙니다. 이것저것 해볼 게 있

거든요."

그리고는 살짝 목소리를 낮추어 말했다.

"사실은 이번에 드워프에 대한 단서를 찾아냈어요. 그거 찾으러 갑니다."

"오옷, 정말이냐?"

당삼과 쇼부는 반색을 했다. 이미 구오는 오크와 엘프에 대한 모든 정보를 두 사람에게 넘겼다. 마키오 내에서 믿을 만한 사람을 선별해 관련 퀘스트를 진행하면서 두 종족과의 친밀도를 높이는 작업이 한창이었다. 바바리언 종족까지 세 종족에 대한 정보는 마키오가 가장 많이 쥐고 있는 것이었다.

지금도 다른 연합 길드에서 이종족에 대한 정보를 밝히라고 여러 각도로 압력과 제의가 들어오고 있는 중이었다.

그만큼 이종족의 정보는 마키오가 연합에서 비중있는 목소리를 낼 수 있는 위치를 유지하는 원동력이 되었다.

그런데 이번에 구오가 정말로 드워프와 접촉을 하는데 성공한다면? 또 한 번 마키오의 위상은 하늘을 찌를 것이다.

"잘 다녀와라, 드워프의 비밀은 꼭 밝혀내고."

"오빠, 우리 철화회를 잊지 마세요. 가끔씩 연락 주시고요."

"꼭 드워프가 아니더라도 기사 거리 있으면 보내. 아니면 아예 네 여행기를 동영상으로 기록해서 다큐멘터리로 만들어

볼래? 호호호."

구오는 모두의 인사말에 일일이 답하며 겨우 떠날 수 있었다.

드워프를 찾아 떠난다.

그 말은 반은 진실이고 반은 아니다.

구오가 다른 사람들과 헤어져 나싱과 단둘이 떠나는 가장 큰 이유는 역시 나싱의 비정상적인 접속 시간을 들키지 않으려는 데에 있다.

그렇다고 해서 드워프를 찾으러 간다는 게 거짓말이라고는 할 수 없다.

구오의 가슴속에는 대륙 안쪽을 여행하며 아직 인간과 접촉하지 않은 다른 아인종을 만나고 싶은 욕망도 있었다.

예를 들자면 모두에게 말한 드워프 종족인데, 구오는 가능하다면 150레벨 전업은 드워프 종족에서 하고 싶다고 생각했다. 그것이 강해지는 비결이라고 생각했기 때문이다.

더 지존의 스킬들 중 인간족이 보유하고 있는 것은 대부분 일반 유저들에게 널리 알려진다.

소문에 의하면 제국 귀족의 전용 스킬이나 황가의 스킬 같은 것도 있다고 하지만, 그런 특정 조건 스킬들도 일단 한 사람이 얻으면 얼마 못 가 스킬 획득 공략본이 인터넷에 뜨는 경우가 많으니 비밀 유지가 쉽지 않다.

하지만 남들보다 먼저 대륙 안쪽을 탐색하여 이종족과 교류를 트면 이종족 고유 스킬을 익힐 수 있다.

이건 다른 유저들이 접하기가 상대적으로 힘드니 스킬이 알려지기까지의 시간이 제국의 신분이나 가문 스킬보다 오래 걸릴 것이다.

일례로 엘프나 오크 부족에 대한 정보도 아직까지 거의 알려지지 않았다.

다른 사람들이 이들 이종족과 정식으로 교류하여 친분을 쌓고, 다시 이쪽에서 전업을 할 수 있게 되기까지는 적어도 반년은 걸릴 것이라고 구오는 생각했다.

"특히 엘븐 캐벌리어는 정말 힘들걸? 하하하."

"맞아요. 엘프들이 좀 성격이 그래서 거래를 트기는 쉬운데, 깊은 관계를 맺기는 정말 어려운 것 같아요. 오라버니도 캐벌리어 퀘스트하시느라고 고생하셨잖아요."

"고생이라기보다는 어려웠던 거지. 인간으로서 엘프 여왕의 신뢰를 얻을 만한 행동을 해야 하니까 말이야. 하지만 그만큼 얻은 것이 커. 검의 노래란 기술은 기사의 약점 중 하나인 마법 방어력을 비약적으로 올려주는 기술이니 화려하진 않지만 정말 좋거든."

원래 검의 노래라는 스킬은 엘프라면 누구나 익힐 수 있는 스킬이다.

하지만 인간인 구오의 경우 캐벌리어라는 명예로운 직업을 얻지 못했다면 아무도 이 스킬을 인간에게 가르쳐 주려고 하지 않았을 것이다.

"맞아요. 오라버니에게 공격한 사람들은 다 황당한 표정을 짓더라고요."

죽어도 안 죽는 기사라는 것은 정말 성가신 존재다. 바퀴벌레처럼 발로 밟아 터뜨릴 수도 없다.

그것도 꼭 죽여야 할 상대라면 사람을 미치게 만든다.

구오는 모든 직업 중 물리 방어력으로는 최강이라는 기사를 선택했다. 그 위에 마법에 대한 방어력까지 올라갔으니 실질적으로 남들보다 몇 배 끈질긴 생명력을 가지게 된 셈이다.

또한 장비까지 빵빵하니 웬만한 상대는 아무리 때려도 구오의 생명력을 반도 못 깎을 것이다.

"그럼 앞으로도 방어력 위주로 키우실 거예요?"

"응. 우린 전문 힐러가 없으니 피가 많이 달면 안 돼. 물약으로 때우는 것도 한계가 있잖아. 또 물약이 싼 것도 아니고."

"알았어요. 그럼 제가 공격력을 계속 올리는 방향으로 캐릭을 키울게요."

"그렇게 해. 그럼 갈까?"

대화를 나누는 사이 둘은 국경을 넘어 숲의 입구까지 왔다.

그곳엔 작은 공터가 있었고 잘 보면 나무들 사이로 작은 길이 몇 개 나 있었다.

달의 길, 엘프와 오크들이 이용하는 신비한 숲의 통로였다.

하늘에 달이 떠 있으니 길이 열렸다. 하지만 생각없이 아무 길로 들어가면 길을 잃고 평생 숲에서 헤매게 될지도 모른다.

나싱은 잠시 달과 별의 위치를 살펴보고는 하나의 길을 가리켰다.

"이쪽이에요."

구오는 나싱이 가리키는 길로 걸어 들어갔다. 나싱도 그 뒤를 따랐다.

한참을 걷다 보니 다시 작은 공터가 나왔다. 갈림길이다.

몇 번의 갈림길을 거치는 동안 새벽이 되어 하늘이 점점 밝아졌다. 아직 해가 떠오르지는 않았지만 하늘에 뜬 달은 흐려져 거의 보이지 않았다.

"여기만 지나면 될 것 같은데요."

나싱은 마지막 갈림길에서 길이 헷갈리는 듯 쉽게 결정을 내리지 못했다. 달이 흐려지니 길도 흐려졌다.

"헷갈리면 여기서 하루 기다렸다가 내일 밤에 가는 게 낫지 않을까?"

"날짜에 따라 길이 달라지거든요. 오늘이 아니면 일주일은 기다려야 돼요."

"쩝, 그건 좀 많이 불편하네."

"어쩔 수 없어요. 그래도 공간을 왜곡해서 이동 거리를 줄일 수 있으니 대단한 거지요."

나싱의 말이 맞다.

달의 길을 이용하지 않고 정상적인 길로 여기까지 오려면 한 달은 걸릴 것이다. 뿐만 아니라 도중에 만날 험악한 지형과 위험한 몬스터들까지 따지면 거의 불가능하다고 봐야 한다.

달의 길은 복잡하긴 해도 방법만 알면 대륙 내부로 들어가는 가장 빠른 방법인 것이다.

"여기예요."

마침내 나싱이 길을 찾아냈다.

"그런데 확실하지는 않아요. 어쩌면 틀릴지도 모르겠어요."

"틀리면 어쩔 수 없지 뭐. 하하하."

구오는 웃으면서 나싱이 가리킨 길로 들어갔다. 다행히도 나싱의 선택이 옳았던 듯 길을 나오자마자 눈앞에 커다란 나무들로 이루어진 엘프들의 도시가 보였다.

"와, 저기군요."

"조심해."

구오는 얼른 나싱을 붙잡았다.

그러자 나무 위쪽으로부터 두 명의 엘프 순찰자가 뛰어내렸다. 그들은 둘 다 활을 들고 있었는데, 이미 화살을 재어 언제라도 쏠 수 있도록 준비해 놓은 상태였다.

"누구냐! 앗! 당신은."

다행히도 한 사람이 구오를 알아보았다. 정확하게 말하면 구오가 입고 있는 엘프족 특유의 디자인을 한 전신 갑옷을 보고, 인간 중에 그걸 입고 있는 사람은 구오뿐이라고 생각해 낸 것이다.

엘프 순찰자는 얼른 활을 내려 공격 태세를 풀며 인사를 했다.

"엘븐 캐벌리어 구오 경이 아니십니까."

구오 역시 기사의 예법에 따라 정중하게 인사를 했다. 아무리 엘프 순찰자가 캐벌리어보다 격이 낮다고 해도 상대를 깔봐서 좋을 건 없다.

"화이트샤인의 빛이 영원하기를. 저는 엘븐 캐벌리어 구오입니다. 일레니아님을 뵙고 싶으니 연락을 해주십시오. 그리고 여기 이 친구는 엘프의 도시에 들어갈 수 없는 몸이니 밖에서 대기하겠습니다."

엘프 순찰자들은 나싱으로부터 오크 전직자의 냄새를 맡은 듯 인상을 찡그렸다.

원래대로라면 오크 전직자를 보는 순간 공격을 해야 정상이다. 하지만 엘프 순찰자들은 구오가 여왕 일레니아에게 한 말을 들어서 구오에게 오크 전직자 동료가 있다는 것을 알고 있었다.

그들은 아예 나싱 쪽은 쳐다보지도 않으려고 노력하면서 말했다.

"구오 경과 같이 오신 분이니 경계선 밖이라면 공격은 하지 않겠습니다."

"호의에 감사드립니다."

구오는 나싱에게 기다리라고 한 다음 순찰자들의 안내를 받아 안으로 들어갔다.

곧 여왕의 궁인 화이트샤인에 도착하자 여왕 일레니아를 만나볼 수 있었다.

주변의 호위 기사들은 이제는 자신들과 거의 동급의 격을 지닌 구오에게 가벼운 예를 취했다. 구오는 일단 일직선으로 여왕 앞으로 나가 한쪽 무릎을 꿇고 여왕에게 행하는 기사의 예를 취했다.

"영원한 숲의 친구이자 화이트샤인의 주인에게 꽃과 바람의 축복이 있기를. 엘븐 캐벌리어 구오가 여왕 일레니아를 뵙습니다."

여왕 일레니아는 오른손을 들어 구오에게 일어나라는 표시를 했다.

"어서 오세요, 구오 경. 그대의 승리와 업적에 대해서는 이미 샤엘 경에게 들었습니다. 훌륭한 일을 하셨더군요."

"여왕님의 축복과 숲의 가호 덕분입니다. 엘프의 스킬이 없었다면 그렇게 과격한 작전은 실행하지 못했을 것입니다."

"호호호, 겸양을 하셔도 그 놀라운 업적을 가릴 수는 없습니다. 그런데 어떻게 이곳에 오실 수 있었지요? 샤엘이나 셉티안의 안내를 받지 않고 이곳에 오는 방법은 없을 텐데요."

일레니아는 상냥한 목소리로 물었지만 이건 가벼운 사안이 아니었다.

구오가 사전 연락이나 엘프의 안내 없이 스스로 이곳에 찾아왔다면 다른 인간족도 그럴 수 있다는 소리가 된다.

인간족의 장점과 단점을 잘 알고 있는 일레니아는 인간족이 스스로 엘프의 도시에 올 수 있게 되면 얼마나 귀찮은 일이 벌어질 지 능히 예측할 수 있었다.

구오는 별것 아니라는 듯 대답했다.

"제 동행자가 이번에 드디어 달의 길을 이용할 수 있게 되었습니다. 그녀가 안내를 해주었지요."

"아! 설마 오크족이 달의 길의 비밀을 인간족에게 밝혔나요?"

여왕 일레니아는 크게 놀란 표정으로 되물었다. 놀랍게도 목소리에서 약간의 분노마저 느껴졌다.

옆에 나열해 있던 다른 엘프들도 살기에 가까운 분노를 표출했다.

달의 길에 대한 것은 절대 타종족에게 알려줄 수 없다.

이것은 오크와 엘프들의 최초이자 최후의 맹약.

아무리 오크라 해도 맹약을 어긴다는 것은 상상할 수 없는 일이기에 일레니아는 정말 크게 놀랐다.

구오는 그게 아니라는 듯 웃으며 말했다.

"아무리 친하다고 해도 같은 종족이 아닌 이상 달의 길을 가르쳐 줄 리가 없지요. 또한 오크가 방법을 알려줘도 이곳으로 오는 길은 찾을 수 없을 것입니다. 그렇지 않나면 이미 오크족의 족장이 직접 모든 오크를 데리고 이곳으로 침공해 왔겠지요."

"그렇군요."

여왕 일레니아는 그때야 오크에 대한 의심을 풀었다. 구오의 말대로 오크가 아는 달의 길의 이동 방법으로는 엘프의 도시를 찾을 수 없는 것이다.

하지만 여왕 일레니아는 즉시 또 다른 의문을 가지게 되었다.

그런데 그걸 어떻게 구오가 알까?

여왕의 질문이 있기 전에 때마침 구오가 알아서 설명을 했다.

"나싱이 달의 길을 이용하는 방법을 일부분이나마 알게 된 것은 바로 오크와 엘프 양쪽의 길 안내를 받아보았기 때문입니다. 오크족의 달의 길과 엘프족의 달의 길은 서로 다르더군요. 길을 선택하는 방식이 정반대라고 할까요?"

"아."

"생각해 보니 두 종족이 각자의 본거지로 가는 달의 길을 알고 있다면 이미 전쟁이 나도 여러 번 났을 것이고, 그렇다면 결국 두 종족은 서로 구역을 정해 달의 길을 변화시켜 자신만의 방식을 적용시킨 게 아닌가 하는 느낌을 받았습니다."

"……."

"그래서 그동안 오크족의 오러클들이 지닌 경문과 엘프족의 전용 룬어의 조합법을 살펴보며 서로 비교했더니 어느 정도 알겠더라는 겁니다. 하하하. 저는 그런 건 미처 짐작 못했는데 아무래도 양측의 방식을 모두 보고 연구했기에 가능했던 모양입니다."

그동안 나싱이 가장 관심을 가지고 파고들었던 일이 바로 이 달의 길에 대한 것이었다.

노력한 보람이 있어 이제는 방향과 달의 위치에 따른 공식을 알게 되었고, 나싱은 최초로 오크와 엘프 양쪽 마을을 자유롭게 갈 수 있는 존재가 되었다.

구오는 웃었지만 여왕 일레니아는 별로 기분이 좋지 않은 듯 한숨을 내쉬며 말했다.

"오크족에 속한 그녀가 우리 엘프족의 길을 알았으니 이제는 전쟁을 해야겠군요."

"그럴 리가요. 아무리 나싱이 오크 편이라고 해도 이런 것까지 오크들에게 알려줄 필요는 없다고 생각합니다만."

"쉽지 않을 거예요. 일단 오크족에 속하면 오크들에게 성의를 다할 의무가 있어요. 우리에게 오는 방법을 알아낸다는 것은 그들에게 있어서 최고의 공훈, 일단 나싱이 길을 아는 것을 오크족에서 알게 되는 날에는 족장이 직접 가장 높은 등급의 퀘스트를 내릴 겁니다. 강제 퀘스트이고, 승낙하면 최고의 보상이 있겠지만 거절할 경우 그만큼 받는 페널티도 가혹하겠지요."

"아, 그런 문제가 있군요. 음."

여왕 일레니아의 말은 구오도 미처 몰랐던 부분이기에 잠시 궁리를 해보았다. 그러나 생각을 정리해 보니 큰 상관이 없을 듯했다.

구오는 다시 말했다.

"여왕님의 말씀은 잘 알겠습니다. 하지만 안심하십시오. 저와 나싱은 대륙 안쪽으로 들어가고 싶을 뿐입니다. 저희가 길을 떠나면 당분간은 돌아오지 않을 것입니다."

"대륙 안쪽으로, 위험으로 가득 찬 그곳으로 가시겠다는 말인가요?"

"사라진 드워프 일족을 찾고 싶습니다. 위험하다고는 해도 달의 길의 연결 거점은 비교적 안전한 듯하니 어떻게든 살아남을 수 있지 않겠습니까."

"그럴지도 모르지요. 하지만 쉬운 일은 아닐 거예요."

"쉽고 어렵고의 문제가 아닙니다. 해야만 되는 일이라고 생각하고 있습니다."

여왕 일레니아는 잠시 말을 멈추고 구오를 보았다. 구오의 말대로 둘이 드워프를 찾으러 떠난다면 당분간은 오크나 인간족의 영역으로 돌아올 수 없을 터. 엘프의 달의 길이 오크족에게 알려진다는 걱정은 한시름 덜 수가 있다.

또한 사라진 드워프의 행방이 궁금한 것은 여왕 일레니아도 마찬가지.

드워프들이 돌아온다면 당연히 오크들을 견제할 테니 구오의 결심은 나쁘지 않았다. 그때가 되면 오크가 엘프에게 오는 길을 알아도 크게 문제가 되지 않으리라.

"알겠습니다. 그렇다면 여왕의 권한으로 구오님에게 엘프족이 가지고 있는 드워프 일족의 기록을 관람할 것을 허락합니다. 또한 정식으로 퀘스트를 드리겠습니다."

Quest

마족과 싸우기 위해 떠난 종족의 행방을 꼭 찾아라!

배경:고대의 전투 종족인 드워프 일족은 마족 전쟁 때 항상 선두에 선 용맹한 자들이다.

은혜도 원한도 절대 잊지 않는 드워프들은 마족이 후퇴를 시작하자 위험을 무릅쓰고 종족의 거점을 옮기면서까지 마족을 추격하기 시작했다.

마족을 마지막 한 마리까지 무찌르기 전까지 돌아오지 않겠다고 맹세를 한 드워프들.

덕분에 다른 종족들은 평화를 되찾았고, 마족 전쟁으로 인한 상처를 회복하고 다시 번영의 길로 접어들 수 있었다.

하지만 드워프들은 지금까지 돌아오지 않았다. 그들이 과연 마족을 무찌르는 데 성공했을까? 아니면 오히려 마족에게 반격을 허용해 멸망했을지도 모른다.

수행 내용:이제 당신은 엘프 여왕의 부탁으로 사라진 옛 맹우들을 찾아 떠나야 한다. 그들이 현재 어떤 상황에 처해 있든, 그들을 만난 후 엘프 여왕에게 보고를 하라.

난이도:최상급 종족 메인 스트림

보상:여왕의 기사 칭호, 엘프의 전용검 업그레이드, 훈련된 그리폰, 수행도에 따른 추가 보상

퀘스트를 수락하시겠습니까? 예/아니오

'오옷, 칭호에 유니크 검 업글, 거기에 하늘을 나는 탈것

까지!'

보상이 장난이 아니다. 그러나 다시 생각해 보면 난이도 최상급에 단기나 사이드가 아닌 메인 스트림에 해당하는 퀘스트다.

문제는 엘프족에게 퀘스트를 받는다고 하면 드워프족의 행방을 찾음으로써 얻는 이익 중 대부분이 우선적으로 엘프족에게 돌아가는 것이었다.

구오는 잠시 망설이며 대답을 하지 못했다.

그가 이 퀘스트를 받으면 나싱은?

오크 전직자는 엘프의 퀘스트를 일절 받을 수가 없다. 게다가 이미 구오는 나싱이 오크족을 만나지 않고 이대로 떠나겠다고 여왕 일레니아에게 말한 바 있다.

어떻게 할까?

'어차피 이번 일은 오크와는 좋게 말하기 힘들다.'

그래서 나싱은 떠나기 전에 오크 부족까지 가지 않고 인간 영역 부근에 숨어 있는 오크 순찰자들에게 당분간 떠난다고 기별했다.

세상에 드워프를 찾겠다는데 좋아할 오크는 없는 것이다.

'그래, 엘프에게서 받을 수 있는 것은 받자.'

구오는 고민을 하다 마침내 결심을 하고 대답했다.

"알겠습니다. 그들을 찾으면 먼저 여왕님께 알려 드리겠습니다."

"그대의 호의에 감사드려요, 구오 경. 그럼 떠나도록 하세요."

"화이트샤인의 빛은 영원히 숲과 조화를 이룰 것입니다. 작은 행운과 기쁨을 가지고 다시 찾아뵙겠습니다."

"잠깐, 이걸 가져가세요."

여왕 일레니아는 떠나려고 일어난 구오에게 손을 내밀었다. 그러자 손에서 나비 한 마리가 날아가 구오의 손 위에 앉았다.

다시 보니 그것은 나비 모양을 한 하나의 브로치였다.

"개인적으로 드리는 장신구입니다. 구오님께서 쓰시기에 너무 화려하다면 친한 분께 드리세요."

구오는 브로치를 보았다. 여성용 브로치, 여왕의 뜻은 명확하다. 나싱에게 직접 보상을 줄 수 없기에 구오에게 내린 것이다.

"호의에 감사드립니다."

구오는 다시 한 번 허리를 굽혀 인사를 하고 화이트샤인을 나왔다.

경계선 밖으로 나오니 나싱이 반긴다.

"끝나셨어요?"

구오는 일단 브로치부터 불쑥 내밀었다.

"여왕이 이거 너 주라더라."

"어머, 호호호호. 정말요?"

"난 퀘스트 하나 받아왔어. 근데 너한텐 퀘스트를 못 주잖아."

"상관없어요. 근데 이걸 끼면 전 엘프 여왕의 브로치를 낀 오크가 되는 건가요?"

나싱은 브로치가 마음에 드는지 농담을 하면서 얼른 브로치를 가슴에 달았다.

"참, 그거 어떤 거야? 확인을 안 해봤네."

"이거 정말 좋은 거예요. 유니크 급이고요. 특수 기능까지 있어요."

"옷, 특수 기능? 뭔데?"

"후훗, 비밀이에요."

"잉, 뭐냐. 나한테까지 비밀로 할 기능이란."

구오는 무척 궁금했지만 나싱은 웃으면서 이것만은 하고 고개를 저었다.

어쩔 수 없이 구오는 호기심을 접고 다시 달의 길이 열리는 장소로 가서 달이 뜨기를 기다렸다.

이제 그들은 인간의 영역으로 돌아가는 것이 아니라 그 반대의 길로 들어가 대륙의 안쪽을 향해 나아갈 것이다.

그냥 나아가는 게 아니다. 달의 길을 중심으로 야영을 하면서 주변을 탐색할 생각이다.

그러다가 레벨 업을 하기에 좋은 장소를 찾으면 기록을 해 놓는다. 혹은 아예 당분간 머물면서 레벨을 올리고 나서 움직일 수도 있다. 이것도 다 달의 길의 갈림길이 거의 안전하다는 믿음을 전제로 세운 계획이었다.

"어쨌든 드워프를 찾는 걸로 하고, 그곳에 도착하면 관련 퀘스트 위주로 레벨 업용 닥사를 하자고."

"그래요. 둘이 죽어라고 사냥하면 아마 누구보다 빠르게 만렙이 될 거예요."

"하기야 그렇겠지. 하하하."

나싱의 무한 접속 시간은 현재 구오에게 있어 최고의 사기 아이템이나 마찬가지다. 그 누구도 나싱보다 빠르게 경험치를 올릴 수 없다.

"그런데 오라버니, 만렙이 되면 그 뒤에는 뭐 해요?"

"응, 기본적으로 아이템을 맞춰야지. 뭐, 지금 우리가 아는 건 만렙이 200렙이라는 것뿐이니까. 그 뒤에 어떻게 할지는 그때 알아보고 정하자고."

"예."

"기본적으로 아이템을 맞추는 데에도 시간이 꽤 걸릴 거야."

남들보다 빠르게 레벨을 올리면 그게 좋다. 산을 오를 때

아래에서 아무리 위에 뭐가 있는지 상상을 해도 소용이 없다. 일단 정상에 올라가서 눈으로 한 번 슥 보면 답이 나오지 않을까?

구오는 나중의 일을 먼저 생각하는 성격이 아니었다.

지금은 레벨을 올리는 것, 그리고 전직을 이종족으로부터 진행하는 것이 그들의 주목표였다.

"참, 그리고 이걸 엘프들의 도서관에서 찾아냈어."

구오는 품속에서 임시 책자로 만들어온 드워프에 대한 전승기록을 꺼내 펼쳤다.

"복사."

문서 복사 기능은 자신이 입수한 문서를 파티원에게 그대로 복사해 주는 기능이다. 하지만 그건 사본일 뿐, 마법적으로 숨겨진 부분이나 책 자체에 숨겨진 것까지 그대로 옮겨가는 것은 아니었다.

나싱은 구오가 복사해 준 문서를 구오의 책자와 동조시켜 같은 페이지를 펼쳤다.

거기에는 과거에 유명했던 드워프의 영웅들과 그들이 어떤 방식으로 싸웠는지에 대해 자세히 기술되어 있었다.

하지만 드워프들이 이주해 간 지역에 대한 정확한 기록은 없었다. 단지 드워프들은 한 번 거점을 옮겼기에 새로운 거점을 만들어도 그곳에 안착하지는 않으리라고 써 있었다.

우리가 기억하는 드워프의 마지막 왕 불칸도르 4세는 불의 기운을 타고나 어렸을 때 지나가던 화룡과 친분을 맺을 정도의 힘을 지니고 있었다.

하지만 불칸도르 4세는 성격이 급하고 결코 굽히지 않는 강직함을 지녔기에 마족과의 항전을 부족의 이름으로 맹세하고 실행하게 되었다.

그들이 어디로 떠났는지는 알 수 없지만 마지막에 불칸도르 4세가 여왕 레피르나에게 남긴 말은 일단 화산을 찾아 그 힘으로 마족을 치겠다는 것이었다.

화산의 힘을 어떻게 이용할지는 알 수 없다. 강력한 마법 무구에 화산의 힘을 흡수시킬 것인지, 아니면 용암으로 골렘을 만들지도 모른다.

어쩌면 화산지대에 레어를 가지고 있는 화룡과 정식으로 계약을 하려 할 수도 있다.

어쨌든 현재 우리에게 밝혀진 영역 내에는 화산이 없다. 그러니 대륙 중앙 쪽으로 나아가다 보면 화산을 발견할 수 있을지도 모르고, 그곳에는 드워프의 흔적이 남아 있을 가능성이 있다.

"요게 그나마 남아 있는 유일한 단서야."

"뭐 화산이라면 멀리서도 보이니까요. 달의 길에서 나와

사방을 둘러보고 없으면 다음 장소로 이동하는 식으로 찾으
면 되겠네요."

"응. 차근차근 찾아보자고."

아직 시간은 많다. 포기하지 않고 찾다 보면 꼭 찾을 수 있
을 것이다.

"그럼 갈까?"

"네."

두 사람은 어두운 하늘 안에서 하얗게 빛나는 달이 비추는
신비한 길로 걸음을 옮겼다.

『워로드 구오』 1부 일본편 완결

설정:대륙 내부의 종족들

1. 드워프

오크와 비견되는 전형적인 전투 부족. 하지만 이들은 강한 인내심과 조직적인 집단전이 장기이기 때문에 훨씬 군대로서의 성격이 강하다.

또한 제철과 대장장이 기술이 발달하여 대부분의 전사들이 금속이 포함된 갑옷을 입고, 무기 또한 강력하다.

내부의 행정은 주로 여성에 의해 움직이고 남성은 전원 전사로서 교육받아 왕의 명령하에 일사불란하게 움직인다.

부족 전체가 하나의 단일 국가를 형성하고 있다.

단, 드워프 일족은 여성만이 마법을 쓸 수 있고, 여성은 외부 활동을 거의 안 하기 때문에 그들에게 있어서 마법은 생활에 관계되거나 방어를 위한 것일 뿐, 싸움은 오로지 육체와 육체의 부딪침으로 결정된다고 믿는다.

단, 드물게 불이나 땅의 정령과 친화력을 가진 남성 드워프들은 정령 전사가 되는데, 이들은 주로 부대장 급으로 성장하여 존경을 받는다.

　현 국왕은 불칸도르 4세로, 화산의 지맥과 융합하여 이프리트와 비슷한 형태가 되어 있다. 거의 불사나 다름없지만 화산지대를 떠날 수 없다.

　행정 책임자는 몰레아 클린머드로, 여성 드워프 중 가장 높은 지위에 있다.

　참고로 몰레아 클린머드는 불칸도르와 어떤 관계도 아니고, 여성 드워프 협의회에서 선출된, 말하자면 수상과도 같은 직위이다.

　주요 부대 구성은 돌이라고 해서 한 명의 지휘관과 네 명의 근접 전사, 네 명의 원거리 격수, 두 명의 힐러로 이루어져 있다.

　돌의 이름은 앞에 지휘관의 이름을 붙인다.

　(예:매머디아 돌대)

　2. 서펜

　마족에게 협력하여 드워프들과 싸우는 뱀 일족이다. 그들은 크게 두 가지로 나뉘는데, 리자드맨과 비슷한 형태의 인간

형 서펜과 커다란 뱀의 형태를 지닌 서펜트이다.

이들의 구분은 태어날 때에 지어지는 게 아니라 2차 탈피 이후 드물게 서펜트가 나타나는 것으로, 서펜트는 알을 낳을 수 있기 때문에 이들 서펜트를 중심으로 둥지가 형성된다.

서펜과 서펜트의 비율은 100대 1 정도로 서펜들은 자신의 직속 상관 서펜트를 위해 목숨을 아끼지 않는다.

서펜트들은 보물을 모으는 습성이 있어 서펜들은 사방으로 약탈을 하러 다닌다. 또한 먹이를 찾아오는 것과 깨끗한 물로 비늘을 씻는 일 등도 모두 서펜들이 기꺼이 하는 일이다.

서펜트들 중에서 아주 가끔씩 은색의 비늘을 가진 실버 서펜트가 태어나는데, 이 실버 서펜트가 종족 전체의 왕이 된다.

새로운 실버 서펜트가 태어나면 기존의 실버 서펜트는 왕의 묘지에 유폐되는데, 이들은 그냥 죽는 게 아니라 영원히 죽지 않는 언데드 서펜트가 되어 서펜 일족의 근거지를 지키는 수호자가 된다.

이들 언데드 서펜트야말로 가장 강력한 마물 중 하나로, 파괴되지 않는 육체와 죽지 않는 영혼을 지니고 있기에 아무도 서펜 일족의 근거지를 공격할 수 없다.

현재의 실버 서펜트는 샤르르망이라는 이름을 거지고 있

는데, 입에서 벼락을 뿜어내는 길이 30미터의 거대한 뱀이다.

*실버 서펜트의 왕관:마족과의 계약에 의해 받은 보상으로 일족의 지휘자가 머리에 쓴다.

모든 일족의 정신과 육체를 직접적으로 조종할 수 있는 기능이 있어 실버 서펜트는 다른 서펜들에게 신과 같은 존재로 군림한다.

또한 언데드 서펜트가 되는 비결도 이 왕관에 담겨 있다고 한다.

3. 마족

마계로부터 나와 마족 전쟁을 일으킨 종족.

오래전 일이라 정확하지는 않지만 마족은 몇 가지 세부 종족으로 나뉜다고 한다.

하지만 인간을 비롯한 이 세계의 종족들은 마족을 강함에 따라 다섯 등급으로 구분할 뿐, 세부 종족에 대한 정확한 정보는 없다.

3-1 마족의 분류

마왕:마족 전쟁 때 마왕 베르쿠트 단 한 명만이 물질계에

현신했지만 그로 인한 피해는 다른 모든 마족을 합친 것보다 컸다고 한다. 또한 마왕 베르쿠트는 싸움에 패해서 도망간 것이 아니라 그냥 알 수 없는 이유로 마계로 돌아갔다고 전해진다. 드래곤보다 강한, 신을 제외한 가장 강한 존재.

마족의 최고 지위를 뜻하는 것으로 그 권력은 왕의 그것을 넘어서 거의 신에 가깝다.

마장군:마왕에는 못 미치나 엄청난 마력과 힘을 동시에 지닌 존재로 휘하에 수많은 중, 하급 마족을 거느리기 때문에 장군의 칭호로 불린다. 직접 전투에 나서는 일이 적고 휘하에 둔 자가 많은 편이지만, 일단 싸움에 나서면 자신의 부하를 잡아먹고 힘을 보충하거나 부하들의 육체를 분해하여 무기로 사용하는 등 상상을 초월하는 잔인함을 보인다. 다른 분류로는 상급마라고도 칭해진다.

중급마:힘이나 마력 중 한쪽으로 특화된 마족으로 자신이 장기로 삼는 부분에 대해서는 마장군에 크게 뒤떨어지지 않는 능력을 발휘한다. 주로 마장군의 지휘를 받지만 가끔씩 무리에서 떨어져 나와 혼자 돌아다니는 놈들도 있는데, 그런 외로운 중급마는 방랑 마족이라고 해서 주로 특수한 능력을 지니고 있는 경우가 많다. 즉, 특수한 능력을 마장군에게 생명과 함께 빼앗기지 않으려고 도망 나온 자들이다.

하급마:힘이나 마력이 수준에 못 미치는 일반 마족들이다.

하지만 이들만으로도 충분히 강하다. 하급마는 자신의 목숨을 아끼지 않는 데다가 위험하면 가장 무서운 능력인 융합이라는 기술을 써서 자신의 육체를 버리고 상대의 몸을 빼앗아 변이를 한다. 융합이야말로 하급 마족이 강해지는 방법으로, 가끔씩 강한 상대와의 융합에 성공하여 중급마로 승격되는 자가 나오기도 한다.

하급마 출신으로 중급마의 힘을 얻은 마족을 진화 마족이라고 해서 이들은 오랜 전투 경험과 행운을 높이 평가받아 특별한 대우를 받는다.

요마수:이성을 지니지 못한 마계의 야수들이다. 하지만 그렇다고 해서 약하다는 의미는 아니다. 아주 거대하거나 작아도 본능적으로 엄청난 능력을 지닌 요마수들이 존재한다.

또한 중급마 중에 뇌파에 의한 동식물 제어 능력을 가진 자들이 이들 요마수를 부리는데, 이렇게 뇌파 제어가 된 요마수들은 조직적으로 자기 희생적인 공격 전술을 구사할 수 있기 때문에 무척 무섭다.

3-2 마족의 성격과 관습

마족은 기본적으로 자신보다 하위의 힘을 지닌 자에게 굉장히 잔혹한 면을 보인다.

반대로 자신보다 뛰어난 존재에게는 절대 복종에 가까운 태도를 보이는데, 그들에게는 이것이 아주 자연스러운 일이기에 상위의 존재가 하위의 존재를 장난으로 죽이는 것을 당연하다고 여길 정도다.

성격 자체는 개체마다 다른데, 적극적이고 파괴적인 성격이 가장 많고, 신중하면서도 음험한 자들은 소수다.

자비롭다거나, 집단을 위해 희생적이라던가 하는 개념은 아예 없지만 가끔씩 자신의 권족에 속한 자들을 광적으로 보호하는 자들은 있다.

이들은 물질계의 모든 생명체를 먹이로 생각하는데, 하급은 육체와 피를 먹고, 상급은 생체 에너지와 영혼을 먹는다.

이들의 관습 중 가장 특이한 것은 계약이다.

물질계의 생명체 중 그들이 단순한 먹이가 아니라고 인정한 자들 중 마족식의 예의를 차린 자에게는 계약의 기회가 돌아간다.

하지만 이 계약은 항상 마족식 균등 공정 거래이기 때문에 물질계의 종족이 이해하기 어려운 부분이 많다.

물질계의 논리로 마족에게서 유일하게 나쁘지 않은 부분은 바로 맹약에 대한 신뢰다.

마족은 약속을 어기지 않는다. 그것이 타종족이나 혹은 원수라고 해도 마찬가지다.

소위 인간들이 상상하는 악마가 즐겨 쓰는 거짓 약속으로 타인을 속여 이용하는 음모는 결코 하지 않는 것이다. 오히려 마족들은 인간들의 그런 면을 보고 경멸하며 무시한다.

만약 어떤 마족이 고의든 타의든 약속을 어기게 된다면 즉시 마족으로부터 추방을 당하며 대부분 그 자리에서 가장 잔혹한 죽음을 맞이한다.

상위 마족은 하위 마족에게 충성 맹세 이외의 다른 맹세를 시키지 않는 불문율이 있다.

이러한 약속에 대한 신뢰가 마족들의 상하 관계와 조직 체계를 유지하는 유일하고도 굳건한 굴레이다.

저작권 보호!!
장르문학의 성장에 힘이 되어주십시오.

저작물의 무단 전재와 복제, 불법 다운로드!
이것은 관심이 아니라 무관심입니다!

작가님들은 창의적 열정과 시간을 투자해 자신의 꿈과 생계를 유지합니다.
한 권의 책을 만들어 많은 사람들은 자신의 인생과 미래를 설계합니다.

저작물 속에는 여러 사람의 노력과 희망이
담겨 있습니다!

저작물의 무단 전재와 복제, 불법 다운로드는 여러 사람들의 꿈과 생계를
위협함으로써 장르문학을 심각한 상황에 빠뜨리고 있습니다.

이제는 무관심이 아니라 관심으로 장르문학의
성장에 힘이 되어주세요.

[도서출판 **청어람**은 항시적인 저작권 보호를 통해 장르문학과
여러분의 희망을 지키겠습니다.]

도서출판 청어람

Book Publishing CHUNGEORAM

마계
연대기
대공

김광수
퓨전 판타지 소설

Darkness Duke Chronicle

"여기가 마계라굽쇼!"

모태솔로의 저주를 풀기 위하여 눈물겨운 투쟁을 벌이는 강찬우.
벼락 맞고 갑자기 소환된 마계에서 만난 최상급 마족 미소녀
세를리아의 소환수 1호가 되어 벌이는 좌충우돌 대서사시.
그 누구도 깨닫지 못한 고대 마법의 힘을 얻어 마계와 중간계,
천계와 환수계, 정령계를 넘나들기 시작하는데…….

행복 꽃사슴 농장 농장주가 되기를 소박하게 꿈꾸는 강찬우.
신들의 비밀을 파헤치고 앞을 막아서는 모든 것들에 강철주먹을 날리며
대륙의 지존영웅이 되어간다.
천상천하 유아독존 마계대공이라는 이름으로…….

유행이 아닌 자유추구 -
WWW.chungeoram.com
Book Publishing CHUNGEORAM